阿川大樹

終電の神様

実業之日本社

実業之日本社文庫

終電の神様

目次

第一話　化粧ポーチ

レールの継ぎ目を乗り越える周期的な音に重なっていたモーター音が途切れた。

列車は急に減速を始め、そのせいで吊革《つりかわ》を摑《つか》んだ腕がいっぱいに引っ張られる。

スカートからブラウスの裾が出てしまわないかと気になるのは、わたしがふだんスカートを穿《は》かないからだ。

目の前にいる男が片方の肩をひくっとわずかにすくめて首を左右に振った。肩の力を抜こうとして無意識に吐いた息が、男の首に当たったかもしれない。

誰もが浅い息をしている。他人の耳元で大きな息の音を立てないこと、誰が吐いたかわからない酒臭い空気を吸わないこと、顔のすぐ前に突き出された異性の匂いを嗅がないこと。そして、みだりにもぞもぞと動かないこと。

まるっきり同じルールを、みなが誰からも強制されることなく自分に課している。

満員電車以外でこれほど他人に密着したら、それは直ちに異常な行為だ。その異常な行為を、いまこの車両に乗っているほとんどの人間が毎朝毎晩繰り返している。

一日に二度、必ず異常な行為をしながら生きている。

可笑《おか》しくなって一人で笑った。

あっ。いまわたしはどんな顔をして笑ったのだろう。うまく笑えただろうか。急に確かめたくなってガラス窓を見た。数時間前、鏡に向かって笑顔の稽古をしたときと同じように、ガラスに映る自分の顔を見ながら、口角を引き上げてみる。いい笑顔だ。

その笑顔を見ている人間がガラスの中にもう一人いた。

すぐ後ろにいる背の高い若い男。髪を整髪料で固めて立てている、もしかしたら眉を剃《そ》って整えている、そんな男。

その男がガラスの中でこちらを向いて笑った。

自信たっぷりなその笑顔。ぞっとした。もしかしたら彼はわたしが自分に笑いかけたと誤解している？　冗談じゃない。あなたとは運命的に無理。

あわてて顔を背けたが、戸惑った素の顔をじっと見られたような気がした。

視線が交わらないようにできるだけ遠くを見ることにする。座席とわたしの間に立つ男二人の頭の間から窓の外の景色がよく見えた。

高架とクロスする通りの居酒屋の看板。マンションの窓に明かりが点《とも》っている。カーテンの隙間からはテレビの青白い光が見える。

毎日この場所を通っていながら、そんなディテールに目が行ったことはなかった。駅の近くでもないのに今日の電車はずいぶんゆっくり走っている。

と思った時、列車が急停止した。

連結部が軋《きし》む音がする。人間の塊と一緒に自分も進行方向に動く。危うく吊革から手を放しそうになりながら必死で堪《こら》えた。

頭の中のイメージは、手が離れてしまって将棋倒しに床に倒れた自分たちの上に次々に人が折り重なる状態。阿鼻叫喚。挟まれて千切れそうになる耳。

目の前の現実は静けさの中だった。

摑まっているつり革の真下にいる男は、切腹したカレーパンの餡《あん》のように座席側に身をはみ出して必死で堪えている。座席でスマートホンを覗《のぞ》き込んでいた女が露骨に嫌そうに、目の前に突き出された男性の腹から顔を逸《そ》らしている。

誰かのヘッドホンが頭からずれたか、まもなく、視野の外から乾いた音楽がかすかに聞こえてきた。マイケル・ジャクソン「ビリー・ジーン」。

誰ひとり口を開かないまま、人の塊はごそごそと元の位置にもどり、マイケル・ジャクソンも聞こえなくなった。

列車は止まったままだ。

窓の開かない車内は静かだった。何か音を出しても、びっしり詰め込まれた人間が吸音材になり、すべての音を吸い取ってしまっているような気がする。嫌な止まり方だ。おそらく多くの人間がそう感じていた。息をする音すら気になって、口を半開きにして、鼻と口から均等に呼吸しようとしている。

口が渇く。

みな一人なのだろうか。誰か会話をしないのか。立っている客は身じろぐこともできないけれど、せめて座っている誰かが電話でも始めればいいのに。

車内で会話をするのは禁じられていないのに、なんで電話が禁じられているのだろう。いままで当たり前に思っていたことが、理不尽なことなのではないかと思い始める。

ペースメーカーに影響があるという話だってただの都市伝説らしい。法事で会った伯父《おじ》が胸ポケットから新しい携帯を出して見せびらかしていたけれど、たしか彼は何年か前にペースメーカーを入れていたはずだ。

ジィィとかすかなノイズが聞こえた。スピーカーは何処《どこ》にあるのかわからない。カシャカシャとマイクを手に握る音がした。

《え、あの、車掌室よりお知らせいたします》

女性の声だった。

《みなさま、お急ぎのところ、たいへん申しわけありません。ただいまお隣のK町駅におきまして、人身事故が起きました関係で、急停車いたしました》

アナウンスがたどたどしかった。

《繰り返します。ただいま……》

まったく同じアナウンスの二度目はふつうに滑らかだった。

こういうアナウンスにもマニュアルはあるのだろうか。「デュープル」にいた朝《あさ》子《こ》は鉄だから、聞いてみたらわかるかもしれないと思った。

あの店がいいのは、集まっている客たちがみな職業とか学歴とかそういうものに囚《とら》われずに生きていることかな。

今夜の朝子のメイクはよかった。国文科卒の経理課事務員みたいだと言われるわたしと違って、あの子は服装もメイクも少し派手にした方が似合う。

「いつもとちがうじゃない、どうしたの」と訊《たず》ねたら、デパートの化粧品売り場でフルメイクをやってもらったというから、みんながびっくりした。

「すごい。それってすごく勇気いるよね」

「わたしにはできない」

口々に朝子を讃《たた》える声が挙がった。

周りを知らない人がいっぱい通る。美容部員にずっと近くで見られている。とうてい無理だ。

当の朝子は上々の反応にご機嫌だった。得意気な顔をして首を傾《かし》げるのが、朝子の決めのポーズ。かなり練習もしているはずだ。鏡に向かって何度も首を傾げている姿を思うとおかしさが込み上げてきた。

ひととおりの彼女への賛美が終わったところで、朝子の勇気にみなで乾杯ということになって、カウンターにいた他の三人がそれぞれ朝子に飲み物を奢《おご》った。だから朝子はぐでんぐでん。あんなに弾《はじ》けた朝子を見たことがなかった。

「朝子は肌のきめが細かいからいいよね」とそれはそれはみなが羨ましがっている顔が真っ赤だった。

「まあね」とウィンクしたときの顔がまた可愛《かわい》いから、みんなにウケて、いまのもう一度やって、と次々にスマホのカメラを取り出した。それに合わせて、「まあね」とウィンクのセットを朝子も繰り返した。最後はカウンターの中からママにみんなの並んだ写真を撮ってもらって、いい歳《とし》をしてピースサイン。

「お前ら、いくつだよ。まったく」と男口でいいながら、ママは集合写真の中の一人一人のポーズを指示してくる。昼間の仕事は一応フォトグラファーだ。出てきたカメラも黒くて大きい一眼レフ。カメラが立派だとテンションが上がるし、そもそもプロは被写体のこっちが気持ちのいいタイミングでシャッターを切る。

「フェイスブックに写真上げたりしたら絶対ダメだからね」

「しないしない」

とお約束の会話。

そんな楽しい時間があった後、帰りの電車が止まっている。楽しすぎて、いつもより一時間も長居をしてしまった。それさえなければ人身事故に摑まることはなかっただろうけど。

人生は楽しいだけで終わらせてはくれない。教訓じみた文章を頭の中に浮かべてみた。

そもそもデュープルを出るのが遅くなったのは、写真の後、人生について語っていたからだ。

「何にでも『人生』をつけると陳腐になるよね」

酔った瞳《ひとみ》がそう言ったので、それからわたしたちは口々に「人生」を語り始めたのだった。

「人生、山あり谷あり」

「あったりまえじゃん」

「人生は学校である」

「いかにもって感じの名言ふう」

「人生は自転車のようなものだ」

「なにそれ？」

「アインシュタインが言ったんだ。倒れないようにするには走らなければならない」

「止まって足をつけばいいじゃん」

「そうだよね」

女子高生のようにはしゃぎながら「人生いろいろ」を歌い、「人生、楽ありゃ、苦もあるさ」と水戸黄門の歌を唱和した。ママは五十代、瞳は四十代、わたしが三十二で、朝子はたしか二十四。きれいに年代をまたいでいる。会話が多彩な上に、店ではそれぞれ日常を離れて弾けているから、酔っ払っていてもいなくてもノリがいい。

「ええと……人生、人生、人生ねえ……」

格言名言を探そうと、みなが口々に人生人生と呟《つぶや》いていた。

「人生は十段変速の自転車のようなもの。ほとんど使わないギアばっかりだ」

瞳がスマホの画面を見ながらそう言ったとき、みな急に静かになった。

「誰が言ったの？」

「ライナス。スヌーピーの友だち」

突然、その場を気持ちのいい悟りのようなものが支配した。哲学者でもなく、文学者でもなく、ましてや政治家やビジネスで成功した誰かでもなく、マンガに出て来る小さな子どもが、人生について陳腐じゃないことを言っている。ライナスの言葉からそれぞれ何を思ったのか、誰も語ることはしなかったけれど、とにかく、誰もがその言葉に軽く打ちのめされ、そして、打ちのめされたことを喜んでいた。いわばみんなで一緒に人生の山を越した気分だ。もしかしたらデュープルに来る客たちは、ふつうの人より一つぐらいは余計にギアを使っているかもしれない。

再びスピーカーに入ったノイズで現実に引き戻された。

《ええ、繰り返しご案内申し上げます。お急ぎの所、たいへんご迷惑をおかけしておりますが、現在、この先のK町駅で人身事故が起きました関係で、運行を見合わ

せております。復旧の見通しが立ち次第、お知らせいたします。いましばらくそのままお待ちください》

まったく新しい情報のない、ただの繰り返しだった。

「お待ちくらさいって言われなくたって待つしかないよな」

見えないどこかの男性の呂律《ろれつ》の回らない声に、あちこちで同意とも失笑ともとれる反応が湧いた。

さっきのアナウンスから今までに新しく乗ってきた乗客はいないはずだ。だから、同じ情報を新しく伝える必要のある人間はここには一人もいない。でも、同じアナウンスでもないよりあった方がいい。何か新しい情報が得られるかもしれないと、互いにアカの他人である何百人だかが一斉に聞き耳を立てる。情報が増えるかどうかは二の次だ。人々は退屈している。アナウンスが終わるまでの何秒間か、たしかに期待で胸が高鳴った。

「それはもうさっき聞いたよ」

目の前に男の車掌がいれば食ってかかる乗客もあるだろう。スピーカーの向こうの車掌が女性だというだけで、ピリピリしそうな車内が和らいでいるような気がした。

女は得だと思う。今日のように外出するといつもそう思う。同じ仕事をしても男と女で決定的に違うこともある。車掌の彼女がどんなに男っぽい性格であろうと、たとえ男に好かれるような容姿からひどくかけ離れていようと、スピーカーから女の声を流すことができるというただ一点だけで価値が生まれることがある。

時間を見ようと吊革に伸ばした左腕を見た。腕時計がない。夕方、着替えたときに外したのだ。代わりに前の男性の腕時計が見えた。高そうには見えない。やけにきらきら光る時計だった。時計のことは何も知らない。この独特の光り方に覚えがあった。よく見る感じ。そうだ。閉店セールのワゴンだと思い出した。

「お世話になりましたがいよいよ閉店です。長い間ありがとうございました。最後の在庫一掃セールでございます」

声を嗄《か》らした男が毎日同じことを言っている、何年も前から閉店セールを続けている店。そんな店の「ワゴンの中、今ならどれでも千円」の時計。そう決めつけた。真実であるかどうか、そんなことはどうでもいい。退屈なのだ。心が物語を欲しているのだ。

男の時計はすでに列車が停止してから二十分が過ぎたことを示していた。

やれやれと窓の外を見ると、ビルの屋上に電光掲示板があって、時間がデジタル表示されている。なんだ。この場所に停まっているかぎり腕時計はいらない。時間を知るのに前の男がいらなくなった。

天井を見上げた。

タレントの覚醒剤疑惑。政治家の裏金疑惑。大企業のリストラ部屋の実態。非正規労働者の現実。年金で損をしない。メタボとたたかう十の秘訣。大事故が起きる、老朽化したインフラが崩壊する時。

男性向けの雑誌の中吊り広告は殺伐としている。

この春の口紅。着回しのきくスカート。アジアのリゾートで自分へのご褒美。春の倉敷《くらしき》。尾道《おのみち》グルメ旅。合コンで勝つデコルテの秘訣《ひけつ》はこれ。春らしいケミカルウォッシュ。丸の内、最新ランチ事情。

給料だって少ないし、雇用だって不安定なのに、女はなんて前向きなのだろう。安心の医療保険。飲み過ぎに効くドリンク。少人数の英会話。聞くだけで英語ができるようになる教材。ハイテクノロジーで素材をリードする会社。

繰り返しドアの上に映し出される無音の動画ＣＭも、ただ動くというだけで何度でも見たくなる。

車外へ視線を移した。目に見えるものを片っ端から見たというのに、電光時計は一分しか進んでいなかった。

「はい、もしもし。いま電車。止まってる。人身事故だって。うん。もう三十分だよ」

女の子の会話を全員が聞いていた。

座っている彼女の前の広い空間が羨ましかった。せめてもう少し空いていたら、スマホを取り出して暇が潰せる。なんでイヤホンで音楽を聴くようにしてから乗らなかったのだろう。

人身事故なう。電車、止まってる。ろくなアナウンスがない。いつになったら動くんだ。やばい、トイレ行きたくなってきた。

この列車のいくつかの座席から、携帯電話やスマートホンを使って、そんなメッセージがたくさん発せられているに違いない。

呼吸ひとつに気をつかい、自然な身動きすら抑えている自分との格差を呪いたい。この息苦しい時間はいつまで続くのか。広さを求めるように窓を見た。今度こそ時計の「分」が変わるところだった。それだけのことがちょっとうれしかった。

明るいドットでできた数字の手前、ガラスの中でさっき目が合ったチャラい男がこちらを見ていた。男はわたしのすぐ後ろにいる。いま、前後の位置でほとんど身体を重ねながら、二人、ガラスの鏡を通して目を合わせていた。その様に戸惑い、あわててうつむいた。

心なしか男の息が荒くなっていた。

「あなただって美形なんだから、もっと女らしい明るい服装をすればいいのに」

デュープルの仲間たちや、ベースのメンバーからは、いつも地味だと言われるけれど、服装で目を引くつもりはない。わたしがわたしらしくいることだけが大事なのだ。

背後が落ち着かなくなっていた。いま彼の目の前に、イヤリングをした耳と黒い髪からのぞく首がある。窓ガラスで見ると、丁寧に化粧をした自分の顔と、どこか不敵な自信をたたえた男の顔が重なっていた。

鏡越しにしばらく男を観察した。

男は窮屈そうに顔をしかめて上を見た。視線の先は週刊誌の中吊りだ。二枚の広告の片方は男性向けの週刊誌。わざと人相が悪そうなものを選んだと思われる政治家の写真があり、そこに赤いゴチックの見出しが重なっている。その横には少し小さく、新興宗教にはまってしまった女性芸能人が中空を見上げる写真が白黒で印刷されている。もうすでに何度も見ただろうに、男は上目遣いでしばらくそれを見て、視線を隣の広告に移した。

《魅せる、うなじ》

ガラス越しに男の視線を追いかけた先にある赤いロゴの女性誌の広告。その第一特集のタイトルが「魅せる、うなじ」だった。フルカラーで美しい女性の後ろ姿の首筋アップの写真があり、「この春、女はうなじで勝負する」の文字がそれを横切っていた。「うなじ」の三文字だけが少しちがう字体で大きく躍っている。

鳥肌が立ちそうだった。

視線を男の顔に戻したとき、ガラスの中の男は視線を下に落としてわたしのうなじを見ていた。映像は数メートル先のガラスの中だが、実物の男の顔はわたしの首のすぐ後ろ数センチにある。

思わずぴくっと肩を動かしてしまったのと、鏡の中で彼の唇がすぼめられたタイミングが一緒になった。少し遅れて首に風が当たったような気がした。映像だけを見ると、わたしが吐きかけられた息に反応したように見える。

彼は肩越しに鏡の中のわたしのようすをうかがっていた。

目を逸らした。そして、あわてて目を逸らしたところを見られてしまったと思った。

こういう状況で男が何を考えるかはわかっている。

まずいことが起きるかもしれない。

呼吸が大きくなっていた。動揺を悟られたくないと思えば思うほど、抑えきれずに肩が上下した。

どうしていつまで経《た》っても次のアナウンスがないのだ。いい加減に事故処理は終わっているのではないか。そうでないにしても、そろそろ見通しぐらいはわかっているのではないか。たとえそれがこれから三十分、いや、一時間であっても、何か説明があってもよさそうなものではないか。

「あ、もしもし」

さっきの女の子がまた電話で話し始めた。

「やばいよ。全然動かない。終電なくなる。もしかしたら迎えに来てくれる？」

電光時計は23：57と表示していた。

わたしにとって重要なK町駅の終電は、ふだんなら十二時八分。あと十一分だ。

《みなさま、お急ぎのところ、列車が遅れておりますことお詫《わ》び申し上げます。た

だいま連絡が入りました》

おお、という声にならない声が車内を満たした。

《大変長らくお待たせしておりましたが、K町駅での復旧作業がまもなく終了いたします。したがいまして、当列車はあと十分ほどで運行を再開できる見込みとなっております。繰り返します。K町駅での……》

誰かが拍手をしたのにつられて、そこここから拍手が起こった。だが、満員で自由の利かない乗客がほとんどで、拍手をできる人間は多くはなかった。

復旧作業がまもなく……。アナウンスは続いていた。

復旧作業が終わる。忘れていた。この列車は人身事故で止まっていたのだ。人身事故という言葉は聞き慣れている。あまりに当たり前に使われるようになっているけれど、それは人が死んだということだ。駅での事故なら、誰かが線路に落ちたか飛び込んだかして、入ってくる列車に轢《ひ》かれたということだ。自分の乗っている電車が止まったことにばかり意識がいって、事故のことは考えていなかった。

場面を思い浮かべてしまった。

鉄道での人身事故など一度だって見たことはないのに、そのシーンを勝手に頭が考え始めていた。どうして「考え」というものをこうもコントロールできないのだろう。

　ブレーキの音、ホームの人たちの悲鳴、非常ベル。聞こえもしない音に耳を覆いたくなった。ホームに走り込んでくる車両に遮られる視界、その向こうにいるはずの人、ホームの明かりを映す光沢をもったレール、滑り込んでくる鋭利な車輪、乗り上げても微動だにしない重量、肉片、裂かれた衣服、血しぶき。

　停車位置はどうなったのだろう。乗っていた乗客は降りたのだろうか。停車位置の手前で止まった車両から、どうやって降りるのだ。車輪に人を絡めたまま、停車位置を直したのだろうか。

　まさか。

　目をつむっていた。口の中で鉄の味がした。

　まもなく終わる復旧作業とは、散り散りになったものを拾い集め、どこかに運び去ることだ。その列車はそのまま乗客を乗せて運転を再開するのだろうか。人を轢いた同じ車輪はそのまま回転を続けて終着駅まで転がっていくのだろうか。

「もしもし、わたしだよ。もうじき動くらしい。そう、次はK町駅。うん。わかった。うん。大丈夫」

　彼女の三度目の電話の声にいまは癒されていた。

彼女の車内での通話を咎《とが》めるものは誰もいない。そういうものだ。退屈な電車の中で他人の生の会話を聞くのは楽しいじゃないか。

電話の女性の顔が見たくなって声のする座席を見ようとした。

するとまた後ろの男と目が合った。男は今度も自信に満ちた笑顔を投げて寄越した。お前は俺のことを何度も見ているじゃないか、わかっている、俺のことが気になっているんだろう。

気味が悪い。冗談じゃない。気になっている。気になっているけど、あんたが思っているような意味じゃない。睨《にら》み返してやろうとして思いとどまった。相手に反応していると思われない方がいい。

静かに視線を前に落としたとき、後ろに妙な感触があった。尻のあたりに何かが当たっている。

まさか。

驚いたけれど、むしろ唖然《あぜん》とした。なんだこいつ。

《みなさま、お待たせいたしました。この列車は、まもなく運転を再開いたします》

車掌の声が弾んでいた。その声が車内の空気を一気に明るいものにした。

これほど感情のこもった運転開始のアナウンスは聞いたことがない。

立っているのが楽に感じた。不思議だ。それぞれが体重の何分の一かを他人に委ねて怠惰に待っていたのだ。みながいままた改めて左右の足に均等に体重をかけ、自分だけで立つという意志を持っている。そういう感じがする。車両に足を踏み入れたときと同じように、人々の心がそれぞれ目指す場所に向かっている。一人暮らしのアパートへ、明かりの点った家庭へ、恋人の待つ家へ、もしかしたら夜勤の警備の現場へ。

何処であれ、人々は再びそれぞれの目指す場所に近づこうとしている。ずん。

小さなショックとともに列車が動き始めた。

満員の乗客がガクンと揺すぶられ、すぐに落ち着いた。

チェーンの居酒屋の真っ赤な看板が後ろに取り残され、電光時計も見えなくなった。長い時間、動かなかった窓の景色が遠ざかり、視野の中には次々と新しい景色が見えてくる。

あと二分か三分でK町駅のプラットホームに滑り込む。

わたしはそこで降りる。

家はそこにはない。大事な作業が待っている。あの場所に寄って、また乗らなくてはいけない。どんなに遅くとも終電までに、すべてを済ませて、後続の下り電車に乗らなくてはいけない。

もうまもなく終電の時刻だ。終電も遅れるだろうが、それでも間に合いそうにない。だからといって、このまま家に向かうわけにはいかない。災難に遭遇したときはできることをやって、あとは成り行きの中で最善を探すしかない。

列車が減速を始めた。

降り損なうことがないように身体をドアの方に向け、自分は次で降りるのだと周囲に向けて意思表示をした。

後ろの感触が妙だった。身体の向きを変えたのに、腰の同じ位置に同じ感触が残ったままだ。偶然に触れあっているのなら、わたしが動けば触れあう場所が変わるはずなのに。

ちょうどスカートのホックのあたりに故意に手を当てている。

顔を動かさないように、目だけを動かしてまた窓を見た。

男の顎が不自然に前に出ていた。顔をこちらの首に近づけている。

いや、手の位置を下げようとしている。

悪寒がした。だが、さっきまでのように戸惑いはしなかった。あと二分もすればこの空間から解放される。この男とは自動的に離ればなれになる。安全のために関係を維持しなければならない隣人ではなくなる。

手が滑り降りてきた。

男もまもなく隣人関係が終わることを意識して新たな行動に出てきたようだ。手は太股《ふともも》の間に入り込もうとしていた。膝下までのツイードのスカートがその高さでの侵入を阻んでいた。

ガラスの中の男の頭はわたしの肩の高さまで下がっている。狭い車内ではもうそれ以上身体を折ることはできない。男の手が虚《むな》しく動いていた。手の位置が正確にわかってしまうと、ガラスに映る彼の首から上の不自然さがひどく滑稽《こっけい》に見えた。もうこちらは完全に彼の状態を把握している。見えなくても後ろでどんなに不自然な格好をしているか、完全にわかっている。

軽く列車にブレーキがかかった。

減速につれて乗客が揉《も》まれ、隙間ができた瞬間に男が背中に沈んだ。案の定スカートの裾に手がかかった。

その瞬間を待っていた。

それでも視線は窓ガラスから離さなかった。

身体をわずかに捻《ひね》るだけでその手は股間から外れ、わたしの肩が男の胸に当たる位置関係になった。探さなくても、肩から真下に下がったわたしの腕の先に、ちょうど彼の股間がある。

列車が駅に停止する直前、わたしの手が彼の股間を柔らかく摑んだ。

ガラスの中の男はあわててガラスの中のわたしを探し始めた。

彼の視線がわたしを見つけた瞬間、わたしは妖しく笑って見せた。

いつも鏡の前で練習している、数時間前にも鏡の前で確かめた、男を誘う最高の笑顔。

男は戸惑いを見せた後、「ほう」という表情をした。思いもよらない収穫だ。そう思ったに違いなかった。

視線をぶつけたまま、口を少しだけすぼめて見せた。

男には「どう?」と言っているように見えるはずだ。

列車がK町駅に完全に停止した。

ドアが開く。押し出されていく人の流れに乗って、わたしは男に背を向けたままプラットホームに出た。

なんて新鮮な空気なのだろう。

人が少しだけまばらになったところで、肩を叩《たた》かれた。

さっきの男だ。

足を止めたわたしの前に回り込んで男が言った。

「ねえ、ちょっとだけ飲んだりとか、しません？」

わたしは一瞬だけうつむいてためらう素振りを見せ、顔を上げながら自分のいちばん美しいはずの顔を作って、男を見つめた。

男は自信を深めているように見えた。

「申し訳ないけど、わたし、女性にしか興味がないんだな」

ふだんの声で答えると、見る見る彼の表情が崩れ、だらしなく口を開いたまま、目をせわしなく動かしていた。

「まさか……」

そう言ったはずだが、ほとんど声は出ていなかった。

そのままわたしは改札口に向かった。階段を降り始める前に一度だけ振り返ると、男は降りた電車に再び乗ろうとして、目の前で閉まるドアに阻まれたところだった。

残念でした。さよなら。

自動改札機を通過するために携帯電話を取り出すと、メールが入っていた。着信履歴も残っている。

「電話ください　至急」

沙代子《さよこ》からかかってきていたのは四十分前、電車に乗ってまもなくだ。メールはその五分ほど後。何の用だろう。ふだん彼女がこの時刻に連絡を取ってくることはない。

同じ家に住んでいても、平日はふたりとも家と仕事場を往復するばかりだった。どちらも仕事が忙しく、夜も外食がほとんどだから、結局、夜半まで別行動になる。たまたま早く帰宅すれば、一人で食事を作って食べている。相手の帰宅を待っていないわけではないが、何時に帰ってくるのか確認しあうこともない。さっさと一人で食べるか、午後九時とか十時とか、もしかしたらと小さな期待だけした後に、待ちきれなくなった適当な時刻に食べる。

そういう暮らしをしながら、今日に限って、連絡を取ってきたということは何か特別なことがあるということだ。

「ちょっと飲まない？　十一時までに駅に着いたら電話して」

そんなメールが入ったのは去年の夏前、自宅と駅の間に新しく焼き鳥屋ができて、折り込みチラシをもっていくと割引になる、という話だった。

「ボーナス出た。ご馳走するよ」

その時はふたりの仕事が終わる夜十時半に西麻布《にしあざぶ》で待ち合わせして、バーをハシゴして、都内のホテルに泊まった。その一週間後、こっちにボーナスが出たときは、神楽坂《かぐらざか》の夜中までやっている美味《おい》しいけどけっこう高い小料理屋で、おまかせ刺し盛りで山形の酒を飲んだ。

「突然ですが、カニが届きました。カニですよ、カニ〜。早く帰ってこないと一人でたべちゃうぞ」

その時は帰れなかった。終電で帰宅すると、沙代子はほんとに一人で蟹《かに》を一杯食べ尽くしていて、空になった純米酒四合瓶の横でテーブルに突っ伏して寝ていた。翌朝「他に何も食べずに蟹だけでお腹《なか》いっぱいになったのは人生で初めてだ」と言うから「蟹だけじゃないでしょ。酒四合だってかなり嵩張《かさば》るでしょ」と突っ込みを入れた。

夜、突然のメールが来たことを何ヶ月も前まで遡って思い出すことができる。それくらい沙代子からメールが来るのは珍しかった。そして、思い起こせばメールが来るたびにけっこう楽しい時間を過ごしていた。

三月の夜は、少し肌寒かった。

沙代子からの着信が自宅からであることをもう一度確かめて、改札を出たところで電話をかけた。

三コールで出ないとファックスに切り替わり、改めて子機を呼び出す。七回、八回、……出ない。四十分前に家から電話をかけてきているのに。

シャワーを浴びているか、トイレに入っているのかもしれない。

沙代子は数回の呼び出し音を鳴らしただけで切ると怒る。

「せっかくあわててバスルームから出てきたのに、電話を取ろうとしたら切っちゃうんだから。せっかくかけたんだからもう少し待てばいいでしょ。こらえ性がないんだから」

数分後にかけ直してやっと彼女が出た時、何度そうやって不満を言われただろう。それでも、その時、廊下に点々と水滴を落としながら裸で子機まで走ってきた沙代子を思い浮かべると、理不尽な怒りだと思ったことはない。

改札を出た人の流れは角のコンビニに吸い込まれて半分に減った。

ベースはもうすぐだ。

もうこの時刻ではクラブのメンバーは誰もいないだろう。五人とも健全な勤め人たちだ。仲間の一人の実家の持ち物を家賃五万円で借りている。水道光熱費も五人で均等割だ。K町駅から徒歩四分、築二十年の1DK。いい大人の趣味への投資としてはリーズナブルだと思う。お互い時間があるときは部屋で談笑しながら飲むこともあるけれど、たいていは着替えが終わったらすぐに帰宅する。それぞれ自分が出入りする場所を持っている。自己表現の仕方はそれぞれだ。わたしはベースから電車でデュープルに行って、そこにいる同じ趣味の仲間とただふつうに話をして、時々、今夜のように羽目を外して、また電車に乗ってベースに帰ってくるだけだ。

階段を二階まで昇り、ハンドバッグから手早く鍵を出した。

五人で使うために作った複製の鍵はいくらか出来が悪く、たいてい鍵穴に滑らかに入らない。

古びた鉄の扉を引いて部屋の電気を点《つ》けると部屋はかすかにコスメの匂いがした。

沙代子はそろそろバスルームから出てきただろうか。

発信履歴からもう一度自宅に電話をかけた。

なかなか出ない。電話から一番遠い場所にいてすぐに手が離せないとしたら何コール時間がかかるだろう。頭の中で部屋を思い浮かべ、電話に向かっている沙代子の姿を思い浮かべる。

出ない。

不安になって、携帯にかけることにした。

今度は二回で出た。

「もしもし、どうしたんだ」

「もしもし」

男だった。

履歴からかけている。番号を間違えるはずはない。状況に説明をつけようと頭が混乱した。

「もしもし」

「常田《ときた》沙代子さんのおうちの方ですね」

「は、はい、そうですが」

「救急隊員の加藤《かとう》と申します。現在、救急車で搬送中です。いま、沙代子さんは横になっていらっしゃいますので代わりに電話に出ました」

「救急車、救急車ですか。救急車なんですね」

「はい、落ち着いてください。午後十一時四十二分に一一九番通報がありまして、先ほど現地、ええ、ご自宅の方に到着しました。意識ははっきりしていらっしゃいますが、お腹に強い痛みを訴えていらっしゃいます」

聞きもらすまいと、電話を耳に押しつけていた。

「血圧、脈拍、呼吸など、緊急に命に別状のある状態ではありません」

そう、それが聞きたかった。

「どちらに伺ったらよいのでしょう」

「現在、搬送先の病院が決まっておりません」

なんだって？

たらい回しという言葉が頭をよぎる。「救急医療の現状」みたいなドキュメンタリーを見たことがあった。画面の中にあったシーンにいま沙代子が直面しているのだ。

「いつ決まるのでしょうか」

「いろいろなところに連絡を取っています。いつ決まるとは申し上げられません」

どんどん時間が経つ。場所だってきっと遠くなっていく。ますます到着までに時間がかかる。

うめき声が聞こえたような気がした。

「あの、痛みはかなり強いのでしょうか」

「そのようですね」

「痛み止めなどは？」

「救急車では定められた範囲を超えた医療行為はできないことになっておりますので」

「痛み止めの注射もだめなんですか」

「はい。できません」

我慢強い沙代子が救急車を呼ぶというのはよっぽどのことだ。痛み止めの処置もなしに、行き先も決まらずに狭い救急車のベッドに縛り付けられているなんて。

「収容先の病院が決まり次第、連絡を差し上げますので、もうしばらくお待ちください。連絡先は携帯電話の方でよろしいでしょうか」

「はい。よろしくお願いします」

電話が切れたまま、その場所で呆然《ぼうぜん》としていた。

頭が真っ白になって、何をどの順番でやったらいいのかがわからない。

自分のブティックハンガーを鏡の前に引き出してベージュのカーディガンを脱いだ。あわててブラウスのボタンを外すときボタンの左右で頭が混乱した。

グレーのスカートを脱ぐと、鏡の中にブラとストッキング姿の自分がいた。

広い肩幅。

見た瞬間、それで意識が切り替わる。

さっきまではほとんど女だった。

いま、鏡の中にいる服を脱いだ姿はもう紛れもない男だ。女性用の下着を着けていても、どうにも醜い。その身体は男そのものだ。

軽く深呼吸をすると、手早く下着を取って裸になった。

ハンガーのいちばん端に架けられたスーツを引っ張り出す。

下着を身につけ、ソックスを穿く。意識が日常にもどっていく。

日常の頭がまた妻のことを考え始めた。

病院の支払いの現金は足りるだろうか。入院するとしたら、沙代子の寝間着とか下着とか、そういうものの用意だって必要だ。スリッパとかタオルとか、それから何がいるだろう。

部屋を見回した。

一番目立っているのは、さまざまな洋服が下がっている五人分の個性豊かなブティックハンガーだ。壁際に積み上がった靴の箱、誰かの下着が引っかかっているXの字の干し物ハンガー。ダイソーで買った竹カゴに入った洗濯バサミ、大きすぎるお徳用おしゃれ着洗い液体洗剤のボトル、誰かが寄付した古いアイロン、新品で買ったニトリのアイロン台、束になった無数の針金ハンガー。

洋服と洗濯に関するものばかりだ。

外に着るものはクリーニングに出しているが、下着類はここで洗っている。家に持ち帰って洗濯するわけにはいかない。

どこかで拾ってきた古いソファと食事をするには低すぎるテーブル。シンクの脇にはデザインの揃《そろ》っていない持ち寄りの食器類が少し。

洗濯機と乾燥機はある。コールマンのクーラーボックスはあるが冷蔵庫はない。

この部屋では着替えをするだけで、誰も生活をしていない。

家にも職場にも持ち込むことができない衣装と化粧品を保管し、着替えて外に出て行き、数時間、女の装いを楽しんで、またここに帰ってくる。

みんな心も体も男だ。恋愛対象は女性だから五人ともふつうに結婚生活を送り、子どものいるメンバーもいる。女装はあくまでも「女性の服装をして町に出る」という趣味だ。

生活していない室内をいくら見回しても、目に入るものから病院に持って行くべき品々は思い浮かばなかった。

携帯が鳴った。

「こちら救急です。ただいま常田沙代子さんの搬送を完了しました。搬送先の病院は……」

よかった。

手近な紙に病院の名前をメモした。救急隊員が病院の最寄《もよ》りの駅と大まかな場所も教えてくれた。幸い同じ沿線だ。

電車はまだあるだろうか。終電の時間は過ぎているが、全体に大幅な遅れが出ている。間引きされずに全部が運転されるなら、この時刻、まだ電車が来るかもしれない。急ごう。

手早くワイシャツを羽織り、ズボンを穿いた。ネクタイを締めた。ジャケットをとり、カバンを持った。

玄関まで出て、踵《かかと》の低いベージュの靴を拾い上げ、箱にしまった。

電気を消して表へ出た。締めるときの鍵穴はスムーズだった。

とりあえず早足に駅を目指した。背の高い女装の男性と擦れ違った。うちのメンバーではない。このあたりには結構多いのだ。

改札の前に立つとちょうど頭上を電車が遠ざかる音がしていた。

電光表示が点滅している。

《最終電車　00：08》

時刻は十二時二十五分を回ったところだ。列車はお終《しま》いなのか、まだこれから来るのか。遅れても時刻表通りの数字を表示するからわけがわからない。

改札近くにいた駅員に声をかけた。

「下りはまだありますか」

駅員はこちらを見て一瞬顔をしかめた。

「生憎《あいにく》、下り最終電車はたったいま発車したところです」

もともと期待してはいかなった。ところがタクシー乗り場へ行って呆然とした。長い行列ができている。客を乗せてロータリーを出て行く車が一台あったが、他にタクシーは見当たらない。これではいつになったらタクシーに乗れるか見当もつかない。

何から何まで思い通りにならない日だ。

家に帰るだけなら何分でも待つ。だが、今は一刻も早く病院に行きたい。

歩き始めた。少し行けば幹線道路に行き当たる。そこでタクシーを捉《つか》まえよう。

一人家にいて腹部に異常な痛みを感じはじめた沙代子は、最初、わたしに電話してきたのだ。電車に閉じ込められてこちらが電話に気づかないでいると、今度はメールをよこした。やっとメールと着信に気づいて電話をしたときには、彼女はすでに救急車に乗っていた。

どんな痛みなのかはわからないが、ひとりで痛みに耐えているのは、心細かったはずだ。一一九番に電話する決断をしたときも不安でいっぱいだったはずだ。救急車が来た後も、搬送先が決まらずに長い時間、痛みと不安に耐えていたのだ。命に別状はないだろうと救急隊員は言っていたが、医師の見立てはどうなのだろう。

顔を見たかった。顔を見せたかった。

四車線の道路を行くタクシーはたくさんあったが、空車はなかなか通らなかった。反対車線へ移動して捉まえようか、携帯電話で呼ぼうか、思案しているうちに、運よく人を降ろすタクシーが目の前に停まった。

ドアの開いたタクシーのすぐそばで、中の客の精算が終わるのを待った。外に人がいると思っていなかったのか、降りてきた客は待っていたわたしを見て、ひどく驚いた表情を見せた。

「すいません。なかなか空車が捉まらなかったので助かりました」

声をかけるとその女性は安心した顔になり、そのまま目を合わせずにお辞儀をして立ち去った。

乗り込んで病院の名を告げた。

「かなりお急ぎのようですね」とルームミラー越しに目を合わせた運転手が言う。

「ええ、妻が救急車で運ばれたものですから」

「それは大変だ。任せてください」

ドアを閉めると、タクシーは急発進して病院へ向かった。

沙代子は眠っていた。

「あとで医師から説明があると思いますが、痛みの原因は尿管結石のようです。痛み止めの点滴で眠っていらっしゃいますが、しばらくしたらお目覚めになると思いますよ」

看護師はぶっきらぼうにそれだけ口にすると、そそくさと部屋を出て行った。

ベッドの横の丸椅子に腰掛けて待っていると、看護師の言ったとおり、まもなく口元が動き始めた。目を覚ましたようだ。

近くによって顔を覗き込んだ。沙代子は最初ここは何処なのだろうというように目を動かしていたが、まもなくわたしに気づいたらしく、その瞬間、目を丸くして少しの間、じっとこっちの顔を見つめていたかと思うと、やがて声を出して笑い始めた。

「なんだよ」

「だれかと思った。あなたなのね」

「救急車で運ばれたっていうから、びっくりして駆けつけたよ」

「たしかに相当びっくりしたみたいね」

当たり前だろうと答えるあいだ、沙代子はこっちの顔を見て笑いを堪えている。

「なんだよ、薬のせいか」

「あなたのせいよ」

「どういうことだよ」

「あなた電車で来たの？」

「タクシーだよ。もう終電の時間は過ぎてる。もともと乗っていた電車が人身事故で遅れてカンヅメになっちゃってさ。それで君からの着信がわからなかったんだ」

「よかった」

「何がよかっただ。タクシー乗り場が混んでて空車を捉まえるの大変だったんだぞ」

「電話もってる?」

「ああ、病院だから機内モードになっているけど」

沙代子がスマートホンのカメラを起動した。静かな病室にシャッター音が響いた。

「見てご覧なさい」

う……。一瞬で絶望的な気持ちになった。差し出された画面に、顔に化粧をしたスーツ姿の自分が写っていたのだ。

「あ、あのさあ、会社の宴会の罰ゲームで……」

「そうか。K町へ寄ってたんでしょ」

「知ってたのか」

「うん」

「なんでわかったんだ」

「いつだったか、あなた、わたしのパソコンから浄水器のフィルター注文したでしょ」

去年の暮れの話だ。

「次にわたしが同じ通販サイトを見たら、オススメのところに覚えのないものが並ぶのよ。下着とか靴とか。ああいうのって買い物履歴によって違うのが出て来るでしょ。へんだなあ、と思って、で、履歴をみたらやっぱりそういうの買ってるじゃない。あれおかしいなと思ってよく見たらあなたのＩＤでログインしたままになってたわけ。送り先登録にＫ町駅の近くの場所があるから、はあんと思ったわけ」

「佐藤《さとう》の実家の物件」

「でしょ。昔、みんな集まってよく飲んだりしてたところよね」

「そう」

「あなたと佐藤君とで、学園祭で女装したでしょ」

「その時に洋服を借りたのが沙代子で、それがきっかけで俺たちつきあうようになった」

「あの時、あなたたち、すごく楽しそうにしてたし、クセになりそうとか言ってたじゃない」

「そんなに前からバレてたのか」

「まあ、わかった時はかなりショックだったけど」

「すまん」

「人におおっぴらには言える趣味じゃないことだけは確かだけど、カメラを首から提げて毎週土日には撮影に出かけてしまって、ちっとも家族との時間を持とうとしないカメラマニア、なんかよりわたしにとってはずっとマシだな」

いろいろ言い訳をしようと思ったところに看護師がやって来た。

「常田さん、十分ほどで担当医の説明がありますので、もう少しお待ちくださいねぇ」

ナースは離れたところから声だけかけてすぐに立ち去った。

足音が遠ざかると沙代子が言った。

「あのさ、そんなにあわてて飛んできてくれるなんて、けっこううれしかったよ」

柔らかな笑顔を見る限り、もう痛みはないようだ。いや、むしろ、バツの悪い思いをしている俺に気を遣ってくれている。

「びっくりしたけど、たいしたことなくてよかった」

「目を覚ましたら目の前に化粧した夫がいるのだって、そうとうびっくりだよ」

「ごめん」

「お医者さんが来る前に、とりあえずそのメイク、落としてきた方がいいと思うな」

「俺もそう思う」

「この中のどれを使ったらいいか、わかるよね」

妻は枕元にあった自分の化粧ポーチを差し出した。

第二話　ブレークポイント

駅でもないところで、急に電車が止まった。

車掌のアナウンスが入り、最後は小さなノイズとともに切れた。

一日の終わり、この時刻の電車の中、衣服や身体《からだ》から立ち上る他人の体臭を吸わないよう、必要最小限の呼吸をしていた人々が、放送に聴き耳を立てるわずかな間だけ息を止め、そして一斉に吐き出した。

やっぱり……。疲れた身体にムチを打つ災難が襲ってきた。

いつもとは違う場所でスローダウンし始めたとき、いやな予感がしていたのだ。もし電車が遅れて次の駅での乗り換えに間に合わなくなると、家まで五キロか六キロの道を歩かなくてはならなくなる。歩こうと思えば歩くことのできる距離。ホームに着いて今の車両の位置から改札口に向かうのはかなり不利で、駅前のタクシー乗り場へ着く頃には、すでに長蛇の列ができているに違いない。

いつだかの大雪の日、四十分並んでも列はほとんど進まなかった。その時ほどではないにしても、あっというまに二十人三十人の列ができて、そこでタクシーを待つことになるだろう。

乗れば十分の距離のために苛立《いらだ》った気分で列を作っているくらいなら家まで歩く。

そう決めていた。

「おつかれさまです」

その声を背に片山隆《かたやまたかし》がオフィスを後にしたとき、開発部にはまだ三人が残っていた。

「僕はここで帰るよ」

開発案件の納期が二週間後に迫っている。しかし、どう考えてもあと二ヶ月はかかる。

社員八人の小さなIT企業。ベンチャー企業といえば聞こえはいい。設立三年。ようするに零細企業だ。プロジェクトの遅れを取りもどす組織としての基礎体力がない。

上場企業でトップクラスの技術者だった社長はいつも自分と同じ能力の人間が八人いるつもりで納期や工数を勘定する。名もない会社に集まる人材は、自分も含めてタカが知れている。がんばれば何とかなるという範囲ではない。このプロジェクトは最初から無理な日程だったのだ。

「発破をかければできるってわけじゃないです」

昨日の午後、社長に食ってかかった。社長もこのところ開発部に深夜まで詰めて作業に加わっている。社長を除いた従業員の平均年齢は三十一歳。社長は四十二歳だ。最年長は銀行を退職して管理部門に来ている六十五歳の管理部長がいるが正社員ではない。

「わかってる」

会議室と呼んでいるセルフサービスのコーヒー店で、向かい合わせに座った社長は言った。

「だったら、なんとかしてください」

「どうしたらいいと思う」

「それを考えるのが社長の仕事じゃないんですか」

「その通りだと思う。しかし、打つ手はない」

簡単に言い切られた。

「あと二人いれば一ヶ月遅れには短縮できると思いますが」

「二人採用するのに一ヶ月以上かかる」

「なんでいままで手を打たなかったんですか」

「打てなかった。打ったのだが、どうにもならなかった。景気が上向いて大企業が中途採用を始めたせいだと人材会社は言っている。ハローワークの担当者も同じ意見だった」

ハローワークにまで求人を出していたとは思わなかった。

「三ヶ月前に出した求人に応募はゼロだ。片山君が来てくれたときは、一ヶ月の間に三人の応募者があって、最後に一番優秀な君を選ぶことができた」

悪い気はしなかった。社長に優秀だと認められているのがうれしい。だが、問題はそこではない。

社長は誠実な人間だが、同時に人を喜ばせるのもうまい。それで社員は働かされてしまう。客先の受けもよくて、このプロジェクトだって競合他社より見積もりが高かったのに、うちを選んでくれたのだと聞いている。

「もっと給料を出せばいいんじゃないですか」

くすぐったいことを言われたせいで、反論する言葉を探すのに時間がかかってしまった。

「現実はもう少し難しい。二割上乗せしたって、ちょっと大きい企業にかなわない。気持ちはわかる。不景気ってやつをみんなが体験しているからね」

「派遣のエンジニアだっていいるじゃないですか」

「面接はしてるけどね」

「だめなんですか？」

「話の中に専門用語をばらまくのだけ得意でね。ちょっとつっこんでみると、実力がないのがすぐわかる。せめて契約してみるまで騙《だま》し通すくらいの能力があればいいんだけどね」

「そんなもんですか」

「中途採用も派遣も、景気が上向くと、大企業があっというまに上澄みを掬《すく》ってしまうんだね」

カスばっかりってことですか。そう言いそうになって言葉を飲み込んだ。正規採用にはそのカスすら応募してこないと聞いたばかりだ。口にしてしまうと余計に情けない気持ちになる。

「じゃあ、客先に納期を遅らせてもらう交渉をしてください。何も言わずにおいて期日になって間に合いませんでは、客先に迷惑をかけることになるわけですし」

「それもひとつだ」

「じゃあ……」

「問題はふたつある。ひとつは客先の担当者は役員会議に呼ばれて期日を明言していて、それでほかの部門も動き始めているらしい」

誰に聞かれるかわからない会議室を使い慣れると、固有名詞を出さない会話に慣れてくる。

「じゃあ、なおさら」

「間に合わないとなると、担当者の首が飛ぶ。事業部長クラスまで危なくなるかもしれない」

「そんなに大事なプロジェクトを、うちみたいな会社に発注するなんて」

つい自虐的な言い方をしてしまった。

「うちの技術がすぐれているからさ」

社長の言葉は誇りに満ちていた。同じ状況を共有しているはずなのに。

「間に合わなければないのと同じですよ。出来上がってこそ技術の優秀性が見えてくる」

「そう。だからこそ間に合わせなくてはならないわけだ」

この人は根っからのベンチャー起業家なのだ。後ろを向こうとしない。ただ、今更それがわかったところで問題の解決にはならない。

「ですから、それは無理だと言ってるじゃないですか」

「ところで、もうひとつの問題について話してもいいかな」

「あ、はい」

「納期通り納めることができれば、二週間で検収してくれることになっている」

検収というのは、納めたシステムが決められた仕様通りに動作していると、顧客が検査をして確認する作業のことだ。複雑なシステムならそれだけで数ヶ月かかることも珍しくない。

「はい。最初の会議でプロジェクトの日程を書き出したとき、ちょっと驚きました。客先はずいぶん急いでいるようだし、たくさんの人手もかけるつもりなのだなと」

「だろう?」

社長がこちらの表情をうかがってくる。

「支払いは検収後一ヶ月。つまり、予定通りなら二月中旬には払い込まれる」

受注総額は知っている。八千七百万円。支払いの話を聞くのは初めてだったが、なぜこの話が「もうひとつの問題」なのか理解できない。

「こういう話を従業員にするのは、いいことではないと思うのだけどね」

　そう口にした社長の顔に翳《かげ》りがあった。アグレッシブの塊のような、嵐が来て雨が吹き付けても顔を背けないような人なのだけれど。

「片山君はプロジェクト・リーダーだから、知っておいて貰《もら》いたいと思って言うのだが」

　社長はまたそこで間を取った。

　初めて見せる社長の迷いのようなものに、片山隆は戸惑った。この先の話は聞くべきでないと頭の芯でアラームが鳴っている。

　なかなか口を開かない。

「うちの会社が前のシステムを納入したのはいつだったか覚えているだろう」

「夏です。七月。野外ビアガーデンで打ち上げをしました。梅雨《つゆ》が明けた次の日で、お天道様《てんとう》に祝福されているなんていって、久しぶりに定時で終わったらまだ外が明るくて、調子に乗っていたら夕立が来て、あっというまにビショ濡《ぬ》れになりました。雨が上がるのを待とうと入ったカラオケボックスで、部屋の冷房をガンガン入れてみんな服を着たまま乾かして……」

「そうそう。明るい時間に会社を出るというだけで、なんだかうれしいってみんな言っていた、あの日だ」

明るく話す片山に社長も笑顔を見せた。

残業に次ぐ残業の末に完成したプロジェクト、定時退社、慢性的な寝不足の頭で飲む明るいうちからのビール、焼き鳥の匂い、ほろ酔いの耳に届く遠雷、急速に下降した気温、湿った空気、そして、突然の雷鳴、大粒の雨、日常からの解放。

夕立に遭ったことでさえ、よい思い出になっていた。

佳境に入ると徹夜続きになるような仕事をしながら、うちの会社ってブラック企業だよなと、自虐的な雑談をする日常だった。

システムを納めたときの解放感は格別で、分厚い最終機能仕様書と検査仕様書がレーザープリンタの排紙トレイに吐き出されていくのを見ながら、やっと山頂に辿《たど》り着いたのだとしみじみと感じる。それがあるから、エンジニアを続けていける。

「結果を出すまでの苦労を思ったら、夕立にやられるのなんて、むしろキモチイイって感じですからね」

社長が頼もしそうに自分を見ているのがわかった。

仕事の成果も、みんなで苦しんでそれを成し遂げたという一体感も、甘美なものだ。

「そろそろあれから半年になるな」

「そうですね」

「この半年、新しいシステムの納入はない。前のプロジェクトが終わって、会社のほぼ全員が先にスタートしていた今のプロジェクトに合流したからね」

そこで社長は身を乗り出して声をひそめた。

「つまりだ。運用している顧客システムの保守料だけは入っているが、九月以降、大きな入金がないというわけだ」

「意味がわかりません」

「片山君を信頼している。将来、この会社が大きくなったとき、大事な部分を支えてくれる人だと思っている。だから、経営のことを話すことにした」

いい話ではないと直感した。だが、話さないでくれと拒絶することはできなかった。

「納期通りにシステムを納めないと、二月の給料が払えなくなる」

店のBGMの音が遠のいた。

プールで耳に水が入ってしまったように、すべての音が遠ざかり、かわりに頭の芯でキーンという音のようなものが聞こえてくる。必死で瞬《まばた》きを繰り返してそれを吹き払おうとしていた。

社長はじっと片山を見ていた。

反応を確かめて、やはりという感じで申し訳なさそうな顔をする。

「それでわたしにどうしろと言うんですか。給料なしでいいと言えばいいんですか」

「いや。もちろん、そんなつもりはない。ただ状況を共有したかっただけだ」

状況の共有。こんどは片山が口をつぐんだ。何をどう考えたらいいのかがわからない。

「すまない。やっぱり言うべきではなかった。申し訳ないことをした。これは明らかに社長であるわたしの問題だ。今の話は忘れてくれ」

社長はうつむいていた。片山が言い返そうとした言葉を社長が自分から口にした。ますます言葉を継ぐことができなくなった。

忘れてくれ。そんなことを言われても、聞いてしまったことを都合よく選んで消し去ることができるわけじゃない。

「どうであれ、納期通りに開発を終えることは絶対無理です。何か他に手立てを講じてください」

時間をとったことで、きっぱりとそう言うことができた。

給料は遅れてもいいですから。とっさにそう言ってしまいそうになった。冗談じゃない。生活に余裕があるわけではない。預金通帳の金額を思い浮かべた。クレジットカードの支払いもある。遅配は絶対に困る。

チームのメンバーの顔が浮かんだ。

佐藤《さとう》は新婚七ヶ月だ。奥さんのお腹《なか》には赤ん坊がいる。独身の相田《あいだ》は三十万でギブソンのギターを買ってから、弁当をもってくるようになった。毎月月賦の支払いに追われているのだ。昼は弁当で済ませても遅くまで会社にいると夜食代がかかってしまう。誰にともなくそうぼやいていた。牛丼食うならサラダくらい取れといったら、トマトを買って来て、塩をかけて丸ごと食べていた。

「この方がコスパがいいですから」

それ以来、開発部では、トマトやキュウリをそのまま食べるのが流行《はや》りだした。

それを見かねて「じゃあ俺が塩を奮発しよう」と通販でブランド物の塩を取り寄せて会社に常備してやった。島田麻里《しまだまり》が小さな瓶で千五百円だというオリーブオイルと値段は聞かなかったがやはり高そうなアチェート・バルサミコを揃《そろ》えた。ポナペ島で作られたという、特別に香りのいい黒胡椒《くろこしょう》と、それを挽《ひ》くミルも揃った。百円ショップのナイフで切ったのでは味が落ちるからと、いつのまにか、トマトを切るナイフはヘンケルスになっていた。メインディッシュは牛丼やコンビニの弁当でも、サラダだけは一級品になった。

いいチームなのだ。

技術者としての能力にはばらつきがある。だが、みな前向きだ。目の前の困難から逃げようとしない。閉塞感のある慢性的な長時間労働の中で、ちょっとしたことを楽しみながら、ピンチを乗り切ろうとしている。こんないい仲間と仕事ができるのは、むしろ幸福なことだ。

思いを巡らしている間、社長はずっと片山の顔を覗き込んでいた。

「開発部の連中には資金繰りの心配は言いませんよ」

「ああ、そうしてくれ。君にも言うべきではなかった。話したのは完全に僕のミスだ」

「はい。胸にしまっておきます」

社長はゆっくりと口から息を吐き出した。近ごろ見たことのない安らかな顔だった。いつだったか、引退した力士が髷《まげ》を落としてインタビューに答えていたとき、張り詰めたものから解放されたその顔が、それまでとまるで違っていたのを思い出した。社長は今の話を誰かに吐き出さずにはいられなかったのだ。その相手に選ばれてしまったということだ。

「みんな疲れがピークに来てるだろう」

それから社長は、チームメンバーの健康状態を、ひとりひとり片山に確かめた。驚いたことに、いつも近くにいる片山の見立てとまったく同じ観察眼で、開発部員たちのようすを把握していた。

確認すればするほど、社員たちの奮闘ぶりが改めてわかってくる。

家にいないから、洗濯物が溜《た》まって、たまの休みの日も洗濯で終わってしまう。雨が降ると干した物が濡れて台無しになってしまうから、自宅の洗濯機で洗った物を近くのコインランドリーまで持込み、備え付けの固い丸椅子に座って乾燥が終わるまで過ごす休日。

慣れない人間には、終わるまでの間その場を離れる勇気がもてないのだと、島田麻里は言っていた。男の自分でも抵抗がある。若い女性ならなおさらそうだろう。

独身者はもちろん、妻帯者も全員共働きで、家に帰って自分で料理を作る気力はなく、ある者は、サラダが食べ放題になるステーキ屋で、何皿も野菜を腹に流し込み、ある者は、回転寿司《ずし》へ出かけて、ウニ、イクラ、大トロと、ふだんは手を出さない高い皿ばかり頼んで、人生に勢いをつけ、それでも、野菜不足はいけないと、家にもどる途中でペットボトルの野菜ジュースを買う。

片山は社長と話しながら、次第に脱力してきた。

思いっきり怒りをぶつけてやろうと社長に声をかけたはずなのに、コーヒー一杯二百円のカフェの片隅の他の客から離れた席で、声をひそめて会議をしている。

株式会社スマッシュ・システムズ。

強く打って出ようという名の会社が、出口のない苦境に立っている。

社長に打開策を講じてくれと意見をしに来たはずであるのに、却《かえ》って会社の置かれた厳しい現実を知らされてしまう。なんとかしてくれと懇願したくても、目の前にいる社長は社員をよく気づかうできた人で、話せば話すほど、事態の打開が難しいと、知りたくなかった事実、したくなかった理解をしてしまうことになった。

どうしたらいいか、わからない。

「いいことを思いついた」

社長が笑顔を見せていた。

「明後日《あさって》、水曜日、開発部は全員公休にしよう」

「えっ？」

聞き間違いだと思った。

「休むという仕事をしろと業務命令を出す。明日からというわけにはいかないだろう。今日これからと明日はそれを前提に、どこまで進めるか、君が判断して音頭を取ってくれ」

「しかし……」

「残り二週間では絶対にできない。あと二ヶ月はかかる。君はそう言ったじゃないか」

「たしかに言いましたが」

「いまのままで、二ヶ月後まで体と心がもつとは思えない。ここで一日休んでも一日しか変わらんだろう。二ヶ月のうちの一日なら二パーセントにもならない。誤差範囲だろう」

「でも、その一日一日の積み重ねが大事ですから」

「あのさ、片山」

「はい」

「それは社長のいうセリフだ。君は現場の責任者だろ。もっと部下のことを心配しろ」

「心配してます。だから今日だってこうして……」

「わかってる」

社長は柔らかく笑っていた。笑いながらこっちを見ている。その笑顔を見ていたら、こちらも力が抜けてきた。顔の筋肉がほぐれるのがわかった。自分で肩をすくめてみた。すとんと肩を落としたら、気持ちが軽くなった。

社長は目だけで「わかったな」と言っていた。


オフィスに戻った片山はさっそく部員たちを集めた。

一人、徹夜明けの権藤《ごんどう》が午前中で帰宅しているから、今いるのは自分を入れて全部で五人だ。

「明後日、社長命令で開発部は休日になる」

「なんですかそれ」

「納期遅れを一日でも取り戻すために、がんばっているのに」

「なんのために昨日も徹夜をしたと思ってるんですか」

口々に驚きと不満の声が拡《ひろ》がった。

「完成までまだ二ヶ月かかる、今のペースでは続かないだろう」

そういうと静かになった。

みな同じことを感じていたのだ。自分だけでなく同僚たちのことも互いにわかっている。

トイレで咳《せき》をすると、席に戻って大丈夫かと訊《き》かれる。肌の張り、目の周りの隈《くま》、乱れた髪、互いのことを気にしている。それと同時に、実は自分がどう見えているかを気にしている。疲れたなあと声に出したいほど実感するとき、トイレの鏡の中の自分の姿をじっと見つめる時間が増えた。

頬は弛《たる》んでないか。背中は丸まってないか。

静かに見入る鏡の中の自分の姿。

社長の発案で、先週からトイレの蛍光灯が、青ざめた昼光色から電球色のものに替えられた。

社長も自分の疲れた姿にショックを受けたという。

「とにかく、明後日は開発部は休むのが仕事だ。わかったな」

納得のいかないような表情が残っていた。だが、みな首は縦に振っていた。

とにかく、起きている時間のほとんどを一緒に過ごしているのだ。ふつうなら家族とだってこんなに長い時間ひとつの部屋に一緒に居続けない。

長時間会社で過ごすのが当たり前になっている。たぶんチームの誰にとっても「いやいややっていること」ではないと思う。だからといって、それはいつか終わると思うからこそ、できることであり、いまの状態がそのままでいいと思っている人間は、一人もいないはずだ。

「この会議では、まず、ブレークポイントを決めよう」

ブレークポイントというのはソフトウェア開発の過程で、チェックのために意図的に実行中のプログラムを一時停止させる場所のことだ。そこで表に出ない内部の変数を調べたりして、正しい動作をしているかどうかを調べやすくする。

「休むに当たって、今日は、止めやすく再スタートしやすい切れ目を洗い出そう。そして、明日はブレークポイントまで作業を進める。自分の担当範囲がそこまで進んだ者は、そこから直ちに休息という仕事にタスクを切り替える」

ブレークポイントという言葉が、明後日一日休むことと、その切れ目をどこにするのかを考えることに、ピッタリあてはまる用語になっているものだから、開発チームの誰もが、その一言でやるべきことを理解した。

メンバーの表情はいきなり明るくなった。

すぐ目の前に達成可能な目標が掲げられ、それを達成すれば、思いがけず手に入る休日が待っている。

「じゃあ、明日いっぱいがんばろう」

よっしゃぁ。了解。まかせてください。がってんでい。

思い思いにおどけながら、それぞれ自分の端末の前に戻っていった。

会議室へ集まる時の気怠《けだる》そうな足取りと、自分の席に戻るときの素早さの余りの違いに、片山隆は笑いを堪《こら》えられなかった。まるで部屋中に魔法のスプレーが振りまかれたように、皆が元気になっていた。

その晩も、会社に泊まり込む者がいた。片山もその一人だった。

一夜明けた午前十一時前、泊まり組の一人、重満《しげみつ》が帰って行った。

「ブレークポイントまで、無事、辿り着きました。お先に休みに入ります」

そう。それでいいんだ。

片山は頼もしい部下の後ろ姿を眠い目を見開いて見送った。

「シゲさんに先を越されたなあ」

入れ替わりに時差出勤の相田が入室してくる。

「さあて、日付の変わらないうちに始末を付けますよ」

彼はいつものように一人でコーヒーを淹《い》れると、スプーンでそれをかき混ぜながら席に着いた。

片山の頭は冴《さ》えていた。

少なくともそう感じていた。まるで耳が遠くなったように、周囲の話し声も窓の外からの雑音も気にならない。

日々変わり続ける仕様書のアップデートをした。途中で動作上の矛盾点がいくつか見つかり、社内ネット上に担当者あてに仕様変更のメッセージを記録した。改版された設計仕様書のデータもアップロードした。

誰からともなく、時々、呟《つぶや》くような私語が出る。

誰もそれに応えないこともあるが、反応することもある。そんな時でも、みな、顔は目の前のコンピュータの画面を見たままだ。

開発作業のうち、多くの部分は作り込み《インプリメント》の部分で、システムの仕様が決まると、それを機械的にプログラムコードに変換していったり、さまざまな変数の表《テーブル》を作ったり、機械にはできないが人間にとっては機械的な作業が多くを占める。そういうところでは間違えない程度の神経を使い、本当に重要なところで最大限の集中力を発揮する。

佐藤は一時間ほど前からイヤホンを耳にかけている。

よし。おっとちがう。こっちだな。

ひとりごとと軽やかにキーボードを叩《たた》く音が重なっていく。

部屋にいると、今この瞬間、だれが「佳境」にいて、誰が「つなぎ」にいるか感じとることができる。

緩い共感。曖昧な連帯感。

どのタスクも、産み出されたときにそれを知るものはコードを書いた人間だけだ。だが、その重要な部分がそれほど時間を置かず社内の開発システム上で検証され共有されていく。多くの場合、同じ部屋にいながら、あるいは、出勤時間の違いにより、同時刻にその場にいなかったとしても、互いにひとことも話すことなく、互いの仕事の進捗を知ることができる。開発のためのこのシステムこそが、自分たちの会社がもっている技術の優位性なのだ。

今日はとりわけ会話が少なかった。

だれもが今日の到達点に向けてテンションを上げている。

片山隆はプロジェクト・リーダーとして、全体に必要なドキュメントをまとめていた。現在、空白になっている部分は、それぞれの担当が今日の仕事を終了させればネットワーク上で埋められていくはずだ。

「よし。今日の器は用意できたよ」

片山が告知とも独り言ともつかない言葉を吐いた。

「片山さん、刻々と休みに近づいていますねー」

島田麻里がちらりとこちらを向いて言う。

「できました」

無口な権藤が珍しく大きな声を出した。

「よし。ゆっくり休んでくれ」

ＤＶＤまとめて借りよっかな。休みの日くらい目を休ませろ。

そんな会話をしながら権藤を送り出した。

急に疲れを感じた片山は、席を立って部屋の隅の冷蔵庫から野菜ジュースをグラスに注《つ》いだ。湯沸かしポットの脇に、社長が差し入れた十本入りの栄養ドリンクの箱があった。すでに二本、なくなっていた。それに手を伸ばそうとして、思いとどまった。

今日は疲れてしまってもいいんだ。

疲れてもいい。

頭の中に浮かんだ言葉を滑稽《こっけい》に感じた。仕事をすれば疲れる。それは身体と心の摂理なのに、いつも疲れないようにしている。そう考えることが習慣になっている。なんて妙なことなのだろうと思う。自分の為《ため》だけでなく、部下たちのために疲れを見せないように、いつも心がけていた。それができる時もできない時も。

ああ、疲れている。

疲れを実感している。そして、疲れている自分を鼓舞しなくていいということが、それだけでどれほど心に安らぎを与えてくれることだろう。

今の今まで、全員がブレークポイントに到達するまで、自分だけオフィスに残ろうと思っていた。だが帰宅する決心をした。

率先して態度で示すべきなのは、遅くまで居残ることではなく、区切りを付けて会社を後にすることだ。

「あとどのくらいだ」

全員に聞こえる声で訊《たず》ねた。イヤホンをしている佐藤にも聞こえる大きな声を出した。

「もう少しです」

相田が言う。

「もう少しじゃわからない。報告は定量的にしてくれ」

「そうですね。二時間くらいかな」

「結局、日付が変わっちゃうね」

「残念ながら」

「島田はどうだ」

「わたしも二時間」

「こっちは、もうあと三十分ちょっとですかね」

佐藤が言う。

「じゃあ、午前一時過ぎには、全員、休日に突入できるわけだな。予定より一時間遅れだが、誤差の範囲、上出来、上出来」

こっちを向いた三人の顔が明るかった。

「がんばってくれ。じゃあ、僕はここで帰るよ」

オフィスを出たときには元気なつもりだった。

満員の下り電車に乗り込んでしばらくすると、急に疲れが出てきた。

そこに急停車の追い打ちを喰《く》らって、今は、いつ動き出すという見通しも知らされないまま、じっと吊革《つりかわ》にぶらさがっている。

前に抱えた自分のリュックがじゃまで身動きが取れない。会社に溜めていた洗濯物を全部リュックに押し込んで来た。スーツでないのが幸いだ。来客と会う時、あるいは客先へ出向く時のために、スーツ一式は会社に常備している。ジャケットもワイシャツもクリーニング屋と会社の間を行き来するだけで、家にはもどってこない。ふだんは行きも帰りも仕事中も、いつだって楽な格好をしている。家よりも会社で過ごす時間が長いのだから、そうしないとやってられない。

「それがなあ、いま、電車が止まってんねん」

見えないところで女性が電話をしていた。関西弁のリズムに心が救われる。

「このままここで死ぬわけやないしな。そやけど寿司詰めや。これ以上押されたら、もうじきバッテラになってしまうで」

どこかからくすっと笑い声が聞こえた。

「そうや。ほんま、この電車でバッテラ作ったら、世界で一番大きいバッテラやて、ギネスブックに載るんちゃうか。わたしら世界一や。こんなんでも世界一やったら立派やろ」

別の場所から男性の咳払いが聞こえた。

「あ、ごめん、もう切るで。他の人に迷惑やからな」

やめないで続けてくれ。その方が気が紛れる。そう口にする勇気はもちろんなかった。

そうでなくても、もし彼女が電話を続けていたら、咳払いの男性が怒り出したりして、車内はもっと殺伐とした雰囲気になっていたかもしれない。

長い間、満員電車の中は無言の状態がつづいている。誰もが気を紛らわしたいと思っているだろうに、楽しく会話をしている人の足を引っぱって止《や》めさせる人間はどういう了見なのだろう。世の中に幸せな人が一人でも多くいる方がいいと思わず、自分が思うようにならないとき他人が自分よりマシな状況にいることを許せない不寛容な人たち。

おっと。攻撃的になっている自分に気づいて、ああ、やっぱり疲れているのだという自覚が戻った。

やれやれ。

間に合うはずのないプロジェクトはまだ目の前にあった。

社長に意見をしたあとの二日間、自分も部下たちも元気になっていて、疲労感すら忘れていた。

だが、会社を後にして一人でいる今、また疑問がぶり返してきた。

一日休みになったけれど、事態は何も改善していないではないか。納期は迫り、依然として想定される完成予定は二ヶ月後。それなのにこの二日間は、皆のテンションは上がりっぱなし。まるで魔法にかかったようだった。

魔法が解ければ、自分たちが乗っていた煌《きら》びやかな乗り物は、ただのカボチャの馬車に戻る。冷静に考えればそういうことだ。だが、この二日間、確かに全員が元気でいた。確かに仕事が進んだ。そして確かにチームのメンバーたちは互いをいたわり合っていたし、信頼し合っていると感じられていた。

悪くない。悪くないが問題は解決されていない。

もう考えるのはよそう。自分も、部下たちも、役目は果たした。

《たいへんお待たせしました。この列車、まもなく動きまーす》

あとは、社長の役目だ。

片山はガクンと小さなショックと共に動き出した車両に身を任せた。

やっと乗り換え駅に着いたときには、やはり接続の最終電車は出発していた。

片山は我先にと急ぐ大勢の人に追い越されながら改札を出た。

タクシー乗り場からの列は、終バスが出払って電気の消えたバス乗り場までずっと続いていた。

もはや何の役にも立たない時計を見た。

午前零時二十五分。「業務命令による休日」に入っていた。

一通だけメールが入っていた。佐藤は予定の所まで仕事を終えて帰宅するという。

島田と相田はまだ仕事をしているようだ。

アプリを立ち上げて自宅までの徒歩ルートを確認した。五・二キロメートル、所要時間一時間十分の表示。スニーカーにカーゴパンツ、上はボンバージャケット。会社員には見えない服装のおかげで歩くのには都合がいい。

「さあ歩こう」

一人声に出して言い、軽く深呼吸をして歩き出した。

幸い寒くはない。少し腕を大きめに振ると自然に歩幅が拡がる。身体を動かしているという実感がする。駅前の商店街はほとんどの店が閉まっている。

ビデオレンタルの店、赤提灯《あかちょうちん》の居酒屋、人の匂いがする場所から場所へ、ホッピングしていくような感じだ。店がなくなると、頬に当たる空気が冷たくなっていくのがわかった。

　車通りの多い道に出ると、代わりに人通りが絶えた。

　黙々と歩いていた。家に帰るということを忘れて、いつのまにかただ歩くことが目的になっていた時間だった。

　煌煌《こうこう》と明かりの点《つ》いている場所があった。

　離れた所から見る歩道が照らされて明るくなっていた。近づくに従って足下がどんどん明るくなっていく。

　立ち止まった大きなガラス窓の中は昼間のように明るい。

　誰もいないように見えたボクシングジムの中で、一人の男がサンドバッグに向かっていた。丸めた背中に汗が光っている。短い髪が濡れている。男は脇を締め、グローブを顎に揃えた姿勢から、大きなサンドバッグに向かって盛んにパンチを繰り出している。

　上から吊られた鈍い輪郭の物体がゆっくり揺れている。

　時折、男は身体を沈める。右に左に回り込み、そこから左右の連打を繰り出す。物体はパンチで数センチ押されるが、どんよりと元の地点まで戻り、そのまま通り過ぎて、ボクサーに向かって押し寄せてくる。男がそれを左ストレートで受け止める。

他には誰もいない。

ひっそりとしたジムの中でその場所だけが動いていて、背中に汗を光らせながら脇目も振らず、鈍重な円筒型の物体に向かって、パンチを打ち続けている。

男は天井から吊り下げられたサンドバッグに人格を与えているようだった。

彼の攻撃を避け、彼のサイドに回り込み、詰め寄る彼との距離を保つように後退し、その位置から反転、連打しながら踏み込んでいく。

そんな姿をじっと見ているうちに、いつのまにか、こちらも男が立ち向かっているサンドバッグが本物の人間のように見えてきた。

そうだ右に回れ。

詰めろ。

そこでボディアッパー。

ボクシングをやったことなどなかった。熱心にテレビを見るファンでもない。小さかった頃、父親が適当に構えるキャッチャーミットに向かって戯れたことがあるだけだ。父にしても、心得があったわけではない。当時の自分と同じくらいの子供の頃、鑑別所上がりの主人公がボクサーになるマンガを読んでいただけだったはずだ。

「あんたもやってみるかい」

急に後ろから声をかけられた。

振り向くとジャージを着た男が立っていた。無精髭《ぶしょうひげ》に白いものが混じっている。

「のぞいてすみません。通りかかったら、気になってしまったもんですから」

「あいつね。明後日、初めてリングに上がるんだ」

この男はこのジムの会長なのだろうか。

がっしりした体格だ。年齢ははっきりわからない。顔には深い皺《しわ》が刻まれている。

目つきは鋭いが、黒目は子犬のように澄んでいる。

「急に話しかけられてびっくりしたかい？　外を掃こうかと思って出てきたところでね」

手にした箒《ほうき》とちりとりを小さく持ち上げて見せた。

「こんな時間に掃除ですか？」

「あいつは一人でいたいだろうと思ってね。かといって奥へ引っ込んでいても、こっちが落ち着かないからな」

優しい言葉を吐くとき、人は優しい顔になる。

「どうだ。あんたもやってみるかい」

思ってもいなかった誘いの言葉だった。

この男に言われるまで気づかなかった。いま、自分は無心にサンドバッグに向かう男を羨ましいと思っていた。それに自分で気づいていなかった。

「別に入会を勧めているわけじゃないよ。金も取らない。いまちょっとだけ汗を流してみたらいいんじゃないかと思ってね。顔色が悪いが病気じゃなさそうだ。日頃、あんまり運動してないだろう」

「ええ、図星です」

会社に寝泊まりするか、家についても疲れて倒れ込むようにベッドに入る。風呂もシャワーで済ませている。身体に血の巡るようなことは何一つしていない。

「汗を拭くタオルくらいは貸してやる。他に誰もいないから、服装はパンツ一丁でもいいだろう」

「いや、着替えなら持っています」

洗濯物が入ったリュックの肩紐《かたひも》を握ってそう答えていた。

ペンキの剝げた扉を押して、招き入れてくれたジムは、学校の体育館の匂いがしていた。

どれだけの人間が、それぞれどんな思いで、ここで汗を流しているのだろう。むしろ汗の臭いこそがこの場所を神聖なものにしているように感じられた。

外では聞こえなかった青年のパンチの音、そして、ステップごとに靴が床を擦る音が、エアコンの音と一緒に、人のいないフロアに響いている。

青年はまったくこちらを意に介していないようだ。

機械や道具はすべてきれいに整頓されていた。その代わり掲示物は乱雑で、箇条書きになった注意書きは、その都度書き加えられたらしく、行によってフェルトペンの太さや掠《かす》れ具合が違っていた。

「事故が起きると困るからね。まずこれだ」

会長が出してきたのは使い込まれた血圧計だった。

「上が百二十五、下が八十八。合格」

ふだん低めの自分にしては高い数値だった。やはりストレスがかかっている。

これだけは守れと会長はケガをしない拳の握り方だけ教えてくれた。あとは好きにやれと言い残して、その場からいなくなった。

着替える場所を聞き忘れたと思ったが、その場で着替えることにした。どうせ他には誰もいない。

バッグに押し込まれた洗濯物の中から、皺のよったスウェットパンツを引っ張り出して穿《は》き替えた。被《かぶ》ったTシャツからは自分の匂いと一緒にオフィスの匂いがした。

まだオフィスに残っている部下が二人いる。電話してようすを聞きたい気持ちを抑えた。もう自分は休日に入っているのだ。

サンドバッグの前に立ってみる。思ったより大きい。拳をあてて押してみると、ずっしりと押し返してくる。こいつをひ弱な拳で思い切りヒットしたら、確実に指を傷めてしまいそうだった。

腕を伸ばし、距離を確かめ、脇を締めて引き、再び軽く当ててみた。拳から伝わってくる軽いショックが気持ちよかった。

身体の力が抜けて、顔が柔らかくなるのがわかった。

頭にゴングを鳴らし、自己流でパンチを繰り出すと、そのたびに心地《ここち》よい衝撃が返ってきた。

シュッ、シュッ、……、ワンツー。

シュッ、シュッ、……、ワンツー。

ワンセットの動作を繰り返すと、本物のボクサーになったような気がする。自己流のフックが当たる。反動で自分の体が軽く振られた。これだ。サンドバッグが人間みたいに返してくる。アッパーは滑ってほとんど空振り。身体が反ってしまった。いま相手に打ち込まれたら、きっとノックアウトだ。

自己流でガードの姿勢を取ってみる。

イメージの中の相手のパンチをしゃがんで避けてみる。そこからスキをついてボディフック……のつもりがパンチは空を切った。姿勢を戻しながら息をする。そうだ、しゃがむときに下を向いてしまってはいけない。いつだって相手を視野の中に入れておかなくては。きっとそうだ。見えないところから打ち込まれたら一発でやられる。

首を上半身と一緒に右へ振る。左へ振る。架空のパンチが肩の上を通過する。耳に風を感じる。

シュッ、シュッ、……、ワンツー。

左アッパー。こんどは当たった。

続いて右フック。ハーフヒット。

ストレートは控えめ。体重を載せると指が折れそうだ。

次第に自分の腕が重くなってきた。

息が切れる。どこで息をしていいのかわからない。鳩尾《みぞおち》が中から痛む。

とたんに集中力がなくなって、やけ気味に腕だけを振り回しつづけていた。

シュッ、……、ふう、苦しい。

立ち止まった。棒立ちになって大きく肩で息をした。

サンドバッグはリーチの少し外で、こっちの心拍を嘲笑《あざわら》うように、ぼんやりと揺れていた。

「三分二秒だ。いい勘してる」

いつのまにか会長が後ろにいた。

「はあ。なん、ですか、それ」

息が弾んでうまく話せない。

「ワンラウンド終了」

「ああ、そうか。三分。一ラウンド闘うのって、こんなに、苦しいん、ですね」

「腕を貸せ」

会長が腕をとった。目は壁の時計を見ている。

「脈拍、百九十二。苦しいわけだ」

肩を上下させるばかりで言葉を返すことができなかった。

「そろそろ二ラウンドめのゴングが鳴るぞ」

どうだ、と問いかける目が笑っている。

「だめです。TKOです」

首を振り、リュックからタオルを取り出して、顔の汗を拭った。拭いても拭いても汗は噴きだしてくる。

会長がコップに入った水を差しだしてくれた。喉を通る水がすぐさま身体に吸い込まれていくような気がする。

息が収まってくると、部屋の反対側にいる青年ボクサーのパンチと靴の音がまた聞こえてきた。彼はいったい何ラウンドやっているのだろう。

「どんな感じだ」

「いやあ、楽しかったです。たった三分なのに、その間は、他のことを何も考えていなくて、目の前のサンドバッグだけ見て、そこに相手のイメージを作ってみたり、いつのまにか自分の身体の輪郭を意識するようになって、気づくとなんとか距離をミリ単位で感じとろうとしている自分がいて、そんな体験したことなかったですよ。

それでもって、三分の中で自分がボロボロに崩れていくのも、すごくて……」

「あんた、初めてやってそれだけ自分を分析できるなんてすごいよ」

「仕事が大変な時期なので、最近、いつも自分の限界までの残りを計りながら生活してるんです。早くやらなくてはいけないし、かといって、潰れてしまってはそこで仕事が止まってしまうので」

「まるでアスリートみたいだな。なんの仕事してるの？」

「エンジニアです。コンピュータの」

「ああ、それで分析できるんだね。たいへんだね。自分の体力や気力もエンジニアリングしないといけないってわけか」

「すっかり夢中になっていて、時間を忘れていました」

「そう。三分は長いんだ。その中ですべてのことが起きる。もしかしたら次の瞬間には床を背にして天井の明かりを見ていることになる」

「自然に集中してしまって、長いとか短いとか、そんなことすら考えませんでした」

「サンドバッグってさ、こんな柱みたいなヤツでも、相手にするとそれしか見えなくなるだろ」

「始めたら永遠に戦い続けるつもりになってました。すぐにへばってしまったけど」

「こいつには勝てないよ。永遠にスタミナがつづく」

たしかにそうだ。

「人生とちがって、ボクシングのワンラウンドは三分しかない。それでもけっこう長い。でも、倒れずに立っていれば必ずゴングが鳴る。だから、ボクサーは一ラウンドの三分の長さを身体に刻みつけるんだ。自分がどういう状態で、相手がどういう状態で、残り時間がどれだけで、という具合にね。がむしゃらにパンチを振り回して勝てるわけじゃない。すべてがうまくいかないこともある。攻め込まれて危ないこともある。なんの手立てもないときは、まずはただ倒れずにゴングが鳴るまで立っていることだけ考えればいいんだ」

倒れずに立っていれば必ずゴングが鳴る。

なんだか名言だ。少なくとも今の自分にとっては。

「あんた、いま、すごくいい顔してる。さっきは死んだような顔してたよ。だから、つい声をかけてみたんだ」

鏡を見なくても、いま自分がどんな顔をしているかわかる。

元の服に着替え、会長に礼を言ってジムを後にした。

歩き始めてまもなく、メールの着信音がした。相田だ。

〈無事、ブレークポイントに到達しました。これより休日に入ります。島田麻里さんも一緒です〉

〈了解。健闘、ありがとう。ゆっくり休んでくれ。島田にもそう伝えてくれ〉

よかった。心底ほっとした。

思えば怒濤《どとう》のような二日間だった。何も解決していないのに、ほっとしている。それでいいと心が言っている。何ヶ月間もこんなに緩やかな気持ちになったことがない。この時間を大切にしよう。

いつのまにか、歩幅が大きくなっていた。

家まであと少し。帰ったら、ビール飲んで、そのままベッドに倒れ込もう。スマートフォンで天気予報を確認した。晴れマークが並んでいた。久しぶりに外に洗濯物を干せそうだ。

またメールが来た。島田麻里だ。

〈いま、相田さんからプロポーズされました。イエスと返事しました。片山さんに仲人をお願いしたいと思いますので、よろしくお願いします。二人の意見です。式は時期未定です。とにかくプロジェクトが片付いてから〉

驚いた。

やられた。

笑いがこみ上げた。

メンバーのことは把握しているつもりだった。そういえば健康の心配ばかりしていた。恋愛関係のことなんか、気にも留めていなかった。いわれてみれば二人で残っている夜が多かったような気もする。

今度の仕事が終わったら、打ち上げの主役はあいつらか。

自分が結婚するより先に、部下の仲人をやる羽目になるとは思わなかった。

まあ、とにかくいい休日だ。

始まったばかりで、まだ夜も明けていないけど。

第三話　スポーツばか

トイレの個室で下着を替えているときに外で人の声がすると焦るのはいつものことだけれど、その声が誰の声かわかるものだから、中途半端な格好のまま、つい耳は外の会話に向いてしまう。

「ねえ、和美《かずみ》、連休はどこへ行くの？」

片手に脱いだ下着を丸めて握り、便座に腰をかけたまま、新しい下着を袋から出す。出口を最大限に拡《ひろ》げ、細心の注意を払いながら、そこを目がけて靴が絶対に下着に触れないように片方ずつ足を通す。とうてい人には見せられない姿。

「決めてない。どこでもいいんだ」

個室の外は日常だ。こちら側は軽く腰を上げて、やっと剝《む》き出しの下半身に小さな下着を纏《まと》うことに成功したところだった。

「和美はいいよね。彼がいるから」

手の中にあった脱いだ方の下着は、さっきまで入っていたのより少し嵩張《かさば》っているものだから、袋の中で膨らんでしまっている。それを腿《もも》の上でビニールの外から押し潰すと、自分の分身が発した匂いが袋の口から出て来るような気がして、一人、赤面した。

「うん。まあねえ。でも、最近、うまくいってないんだ」

息を詰めていたことに気づいた。口を大きく開けて、できるだけゆっくり息を吐く。薄い人工的な匂いが肺に流れ込んでくる。トイレの扉を開けたときに自動的に吹き上がる消臭スプレーを最初に考え出したのは女性だろうか男性だろうか。

下着を替えていると、ちょっと「よからぬこと」をしている感じ。

どっちにしても、ロッカールームで下着を替えるところを見られるわけにはいかない。今日これから数時間の間に何をするのか、誰の目にも生々し過ぎてはた迷惑だ。

「またまた、そんなこと言って」「別れようかと思って」「え？　どうして～？」

「てか、なんか連休って多すぎない？　また休みだよ」「言えてるぅ～」

声が遠ざかって行くのを待って、わたし――潮田智子《しおたともこ》は水洗のボタンを押して個室の扉を開けた。

外資系企業がいくつも入ったビルから出てきた男女二人が、イタリア語を話しながら前を歩いていた。地代が高い土地に建てられた美しい外観《ファサード》にふさわしく、後ろから見る二人の背筋が伸びている。東京の中心部にいる西洋人たちの背筋の伸び加減といったら大したものだ。それに比べて日本人たちは前屈《まえかが》みで不機嫌そうな顔をして歩いていないか。

どこかのアナリストが大地に対する背骨の角度と何かの関係をグラフにしてみてくれないか。グラフの横軸は、そう出身地の緯度とか年収とか、なんでもいい。

仕事モードの頭をクールダウンしようとした。

何を考えているんだろう。わたし。

デートの夜は心も軽く、周りに誰もいなければ、うっかりスキップだってしかねない。でも今日はちがうのだ。

いったん駅に向かったのに、急に心が折れて途中で路地へ曲がった。

ルルティモ・アモーレ。最後の恋。なんという語呂の悪い名前をつけるのだ。発音しにくい名前の店や商品は成功しにくいことがデータとしてわかっている。

心の中で悪態をついて扉を押す。

目が合うと気むずかしい顔が急に笑顔に変わって、カウンターの中から「いらっしゃいませ」とわたしを迎えた。いい声だ。パバロッティを少し痩せさせた感じの髭面《ひげづら》のこの男がオーナーシェフらしい。

「カウンターでよろしいですか」

華奢《きゃしゃ》な男が脇から出て来て、こちらが返事をする前に、誰もいないカウンターを指した。奥からは談笑するグループの声がする。もしかしたら店の選択をしくじったか。

自分はどちらかというと和食党だ。ただ呼気から日本酒の匂いをさせたくなかった。彼とふたりで同じものを食べるデートの後ならいいのだけど。

〈ごめんなさい。接待になってしまって、少し遅くなります〉

酒の匂いをさせて行く言い訳をした。本当ならむしろ遅れていくことの言い訳であるはずなのだけど。

〈わかった。少しってどのくらい〉

返ってきたメールに返事はしない。わたしだってわからない。いつまでここに居るのか、いつになったら彼の所に向かう決心がつくのか。

スマホの液晶画面を覗《のぞ》き込んでいるうちに、目の前にグラスが置かれていた。ランブルスコは発酵する葡萄《ぶどう》汁そのもののようにグラスの縁でねっとりとした泡を立ている。今日は何を飲んでも食べても幸せになれない。

「酒は味じゃないのよ。酔えればいいの」

それが口癖の大酒飲みの先輩アナリストを思い出すと心が少し楽になる。ほんの少し甘くて赤い酒は一杯だけにして、二杯目からはシャルドネにした。生ハムは乾いてパサパサだし、種を抜いてから漬けたオリーブは香りを失っていた。パルメジャーノだけはこんなときでも美味《おい》しい。口の中にたっぷりのアミノ酸が拡《ひろ》がってくる。

わたしの後には、まだ、だれも客が来ていなかった。週の半ばの水曜日だ。

携帯電話がバイブレーションの音を立てた。

〈何時くらいになりそう?〉

〈ごめんね。取引先と会食でメールができなかった。いま、ちょうどトイレに立ったところ。終電までには必ずいくから〉

〈そんなかよ。まあ、とにかく待っている。ご飯は食べて来るんだね〉

返事を読んでからトイレに立った。座面の高いスツールから降りるのに少しよろけた。思ったより早く酔いが回っていた。たった四杯だが、この店のグラスは大きめだ。

フロア係の男が素早く寄ってきた。

「大丈夫ですか。足下、小さな段差がありますのでお気をつけください」

店に客が少ないせいだろうか。この男はさっきからずっとわたしを見ている。できるだけ背筋を伸ばして、ゆっくりと大きく呼吸をした。酔いが早く回ったのは、きっと呼吸が浅かったせいなのだ。酔って見えないように細心の注意を払ってトイレまで歩いた。

カウンターに戻ると、再び男が近づいてきた。

「何かお料理をお出ししましょうか。それとも、お連れさまをお待ちになりますか」

「連れは来ません」

「たいへん失礼いたしました」

思いがけず強い調子で言われたフロア係の男は、反射的に詫《わ》びてそそくさと離れていった。

やっぱりそういうことね。

前菜のプレートだけを頼んで、携帯を見ながらワインを四杯も飲んでいる女は、男が来るのを待っているのにちがいない。そして言葉がキツイのは、待ち合わせの場所に相手の男が来なくて苛立《いらだ》っているからだ。絶対にそう思われている。

ちがうよ。部屋で待っているのは男の方で、わたしは待たせている方なんだ。そう店の男に言ってやりたくなったところで溜息《ためいき》をついた。くだらない自分。

初めての店に入ったのは失敗だった。行きつけの店に行って、気心の知れた店主や常連客と過ごしていれば、一見《いちげん》の女の一人客に対する下衆《げす》な妄想に自分を晒《さら》さなくてもよかった。

知らない店でどう思われたって何が困るわけでもない。男に冷たくされているのに、店に先に来て、食事もせずに男を待ち、強くもない酒を飲んでいるかわいそうな三十女。そう思わせておいたって何一つまずいことはないのに、自分にはそれができない。

そもそも知った顔と話をする気分じゃないから、わざわざ初めての店を選んだんじゃなかったのか。

「勝ち気なところが智子のいいところだと思う」

進藤哲生《しんどうてつお》はいつもそう言ってくれる。

「放っておけば潮田智子は仲山広司《なかやまこうじ》とだって競走を始めるような女だ」

あるときそんなことをいうから、仲山広司ってだれなのと聞いたら、五年連続で成績がトップの競輪選手の名前だと答が返ってきた。

「リニア新幹線とだって競走してやる」

そう言い返したら、彼はものすごく優しい愛情溢《あふ》れる顔をした。

わたしのような勝ち気な女が好きだと正面切って言った彼が新鮮だった。

女に負けるのが大嫌いな男たちはたいてい勝ち気な女が嫌いだから。

男たちは、女を自分より弱くて劣る存在として愛そうとする。自分より背が低く、運動神経が鈍くて、頭が悪くて、か弱い姿で自分に甘えてくれる、そういう女を求める男がいる。どうしようもなく能力が低くて、パートナーを守る力など持っていない、そういう自分に自信の無い男に限って、弱々しい女を求める。少し自信のある男は、なんとか自分をわたしより立派に見せようと、時にさりげなく、時に露骨に、会社や地位や学歴や経済状態を誇示する。

哲生は違った。

「俺はスポーツ馬鹿だから。骨と筋肉しか自慢できるものがないけど」

自宅の最寄《もよ》り駅近くのバーで出会ったときのそのセリフにつかまった。

襟の伸びたラガーシャツを着て、もう十一月だというのに半ズボンにスニーカーを履いて、肉体労働者だからねと笑った顔をきれいだと思った。

半ズボンから見える部分も見えない部分もびっくりするほど逞《たくま》しくて、一目で普通の職業ではないと思った。聞けば競輪選手だという。人生で初めて出会う職業。

「なんで競輪選手になろうと思ったの」

「家が貧乏で大学に行けなかったから」

「だからって、なんでよりによって競輪なの？」

「競輪学校に行って国家試験に合格すれば、すぐに金が稼げるようになるんだ。大卒初任給よりずっと多い。プロになる入口がはっきりしている。他のプロスポーツ選手よりも確実で、選手寿命も長い」

「ギャンブルなのに堅実なんだ」

「賭けをするのはお客さんで、俺たちは走るだけだから」

競輪のルール、車券の買い方、競輪学校の頃のこと、ふだんの生活、……。知らないことばかり。わくわくしながら話を聞いた。

一番下のランクのA級3班でも平均年収はサラリーマンの平均よりもずっと多いというから、その時には、あなたはどのランクにいるのと聞けなかった。なんだか男の経済力を値踏みするような質問に思えたから。

「お代わり、お持ちしましょうか」

時計は十時を指していた。

スポーツ選手の彼はふだんならベッドに入る時間だ。わたしに会うときだけ、わたしに合わせて夜更かしをする。夢中になってセックスをして、彼はそのまま涅槃《ねはん》仏《ぶつ》のように深い眠りに入る。寝つくのが苦手なわたしは、薄ら明かりの中でしばらく彼の背中を見ながら、彼の匂いを愛《いと》おしみ、彼の寝息を聞き、やがて、知らないうちに幸福な眠りに落ちる。

「あ、会計をしてください」

〈待たせてごめんなさい。これから向かう〉

伝票を待つ間にメールを送った。ホーム画面の時刻は午後十時十三分を表示していた。この最寄りの駅からの電車を一度乗り換えて、十一時までには着くはずだ。

七月の半ばには自由になる。彼が会える日を言ってきたのは一ヶ月前だった。

競輪選手はレースに出ることが決まると、競輪場の宿泊所にカンヅメになる。外出どころか携帯電話の持込みすらできなくなる。人間が体を使って競走する競技が賭けの対象になる競輪だからこそ、八百長ができないように外部との接触が断たれるということらしい。

一年中、日本のどこかの競輪場でレースが開催されている。選手たちは旅芸人のように土地土地を回りながら暮らしている。自宅にはあまりいない。

だから競輪選手との恋愛はいつだって遠距離恋愛だ。

世界のどこにいても、メールや電話がつながる時代では、大阪もリオデジャネイロもそれほど違わないかもしれないけれど、携帯電話を持ち込むことのできない競輪場の宿舎は、さながらアマゾンの奥地に近い。ふつうの恋愛は時に難しい。

「智子の彼って何をしている人？」

「遠洋漁業のマグロ漁船に乗ってる」

「わ、思いもよらぬガテン系」

女子たちの集まりでそう答えるとウケが取れる。実際、スケジュールがなかなか合わないから、けっこうそれで合っている。

彼の職業は、たまたまわたしに都合が良かった。リサーチの仕事は切りがない。納期が迫れば徹夜の連続になることも多かった。月に一度なら、多少の無理ができるけれど、毎週デートをすることなど到底できない生活だ。そして、頻繁に会おうと言わないわたしは、彼にとっても都合が良かったようだ。

都合で愛し合ったわけではないけれど、都合の合わない恋愛は長続きしない。

慇懃《いんぎん》な店員に見送られて店を出ると、ノースリーブから出た肩に湿気が纏わりついた。いつのまにか雨が降ったらしく、路面が濡《ぬ》れている。

改札を抜けると、わたしのために用意されたように最高のタイミングで電車がホームに滑り込んできた。

いよいよ、彼の所へ向かうのだ。

《停止します》

声とほぼ同時の急な減速で、吊革《つりかわ》に摑《つか》まった手が伸びきったところでガクンと車両が揺れ、連結部が軋《きし》んだ。

大学生のイヤフォンの片方が外れて、シャカシャカ乾いた音を立てる。マイケル・ジャクソン。

《ただいま、列車は信号により停止しました》

箱詰めになった何百という人間がまとめてズンと衝撃を与えられた。

自分の居た場所はそのシャッフルのおかげで、むしろ足下が広く快適になった。

何百人もの人間がいるのに、皆、黙っている。いつもの当たり前のことを奇妙に思うのは、きっと自分がいつもと違うからだ。

同じ車両の中でびっしりと隣同士身体《からだ》を触れあっている、これだけの数の「赤の他人」全員が、突然、挨拶を始めるシーンを思い浮かべた。

こんにちは。あ、こんばんは。どちらまで？　いつもこの電車なのですか。冷房、強すぎませんかね。どんなお仕事をしていらっしゃるのでしょう。ただの会社員ですよ。お仕事お疲れ様です。わたしはこれから夜勤で。大変ですね。ええ、ビルの清掃をやっていましてね。学生さんはもう夏休みじゃないの？　バイトの帰りです。そのピアス、どこで買ったんですか。

やめよう、一人遊びは楽しくない。脳味噌《のうみそ》にミツバチの幼虫が湧いたみたいだ。

《お急ぎのところ、たいへんご迷惑をおかけしております。この先、K町駅付近におきまして、車両故障で列車が止まっております。その関係で、ただいま列車の運行を見合わせております》

時計を見た。午後十時三十二分。

イヤフォンから流れ出る曲が、「ガール・イズ・マイン」から「スリラー」に変わっていた。

だれも口を開かない。

ワインを飲みながら、目的地に向かう決心がつくのを待っていた。

やっと決心がついて、電車に乗ったのに。

電車に乗りさえすれば、あとは自然に時間が流れていく。あとはその流れに身を任せて自然にしていれば、いつもの幸福が訪れて、朝がやって来て、彼の家を出る。会社に着けば、いよいよプロジェクトは佳境で、ただただ怒濤《どとう》のように仕事をするつもりだった。事前に、何日分も洋服を準備してロッカーにおいてある。

よりによって、なんでこんな日に、こんな考えごとをする時間ができてしまうのだ。手を動かすスペースができた大学生がコードを手繰《たぐ》り寄せ、イヤフォンを耳に入れ直したものだから、マイケル・ジャクソンは途中で聞こえなくなってしまった。

《お急ぎのところ、たいへんご迷惑をおかけしております。この先、K町駅付近におきまして、車両故障で列車が止まっております。その関係で、ただいま列車の運行を見合わせております》

同じアナウンスでもないよりましだ。無言の人間が何百人もいる、その一人になっているのは忍耐がいる。

《現在、復旧の見込みは立っておりません》

なんだって？

どうやら時間がかかりそうだということはわかった。車両故障で立ち往生している列車。もし故障が直らなかったらどうなるのだろう。動く列車を連結して押すか引くとか。でも、どこからか線路にその機関車を載せなくてはならないけれど、線路上には信号で止まった列車があっちにもこっちにも閊《つか》えているはずだ。

そもそも列車には複数の動力車があるのではなかったか。以前、都市交通網のリサーチをしたことがあった。多くの路線はひとつの編成に複数の動力車を持つ「動力分散方式」で運行されているはずだ。どれかひとつが動かないからといって、まったく動きが取れなくなるなんてことがあるのだろうか。

故障で動かないというのは事実なのだろうか。

車両の故障ではなく、本当は何か、別の理由で止まっているのではないか。

公共交通では、危機管理のために、時には乗客がパニックを起こさないことが優先される。たとえば爆発物が仕掛けられた場合、迅速に避難ができないケースでは、それを知らせないこともある。爆発物で被害を受ける以上に、我先に逃げようとする人々が、パニックによって圧死する危険の方が大きくなる可能性があるからだ。

思い出した。出張中に経由したデリーの空港で、離陸前の機内に突然アナウンスが入ったことがある。

《キャビン内の清掃のため、係員が入ります。ご了承ください》

飛行機は同じ便名と機材でアブダビから飛んで来ていた。

何故、いま清掃なのだ。

通路の前から作業着を着た十人ほどの男女が入って来た。現れるなり、彼らはキャビン全体に一定間隔に散らばり、一斉に座席の下を探り始めた。言い訳のように一人だけが、ビニール袋をもって座席のポケットから客の不要な物を集めていた。統制の取れた動作。鋭い眼光。彼らが清掃員ではないのは明らかだった。

《機内の清掃が終わりましたので、当機はまもなく離陸態勢に入ります》

清掃員たちが引き上げると、飛行機は何ごともなかったように離陸した。

何かを探していた。爆発物だったのかもしれない。あるいは機内で麻薬か何かの受け渡しが行われるという情報でも入っていたのか。爆薬を仕掛けられたという情報だったら、離陸前だったのだから、乗客を先に避難させたのではないかとも思われる。連絡が入ったのが飛行中だったらどうしただろう。

《機内に爆発物が仕掛けられたとの情報が入りました》

そんなアナウンスをすべきだろうか。

空ではなく、航海中の船だったら……。

空中分解した機体から投げ出される自分を想像してしまった。

事実を知り、阿鼻叫喚《あびきょうかん》の中で、互いが互いの退路を邪魔し合い、押し合い、倒れ、折り重なり、もがきながら押し潰されて死んでいく恐怖と、爆発物によって一瞬で吹き飛ばされるのと、どちらが良い死に方なのだろう。

良い死に方？

乗っている通勤電車が止まっているだけなのに？

バッグの中で振動音がした。

なるべく肘を突き出さないように小さくなって、携帯電話を取りだした。

〈そろそろかな。ビールとワインと両方冷やしてあるよ〉

返事をしなくては。

〈いま、電車、止まってる。K町で車両故障なんだって〉

肘を身体につけ、窮屈な姿勢で目の前五センチの画面に向かって返信していると、目眩《めまい》を起こしそうになる。「送信」をタッチした瞬間、吊《つ》り広告を見ようと顎を上げた前の男性のうなじが携帯電話の角に軽く当たり、男性が慌てて首を戻した。

代わり映えのしないアナウンスが繰り返されていた。

この場所に止まってしまってから、どのくらいの時間が経《た》ったのだろう。

バッグに携帯を戻す前に時刻を見ておけば良かった。大きく首を動かさないようにあたりを見回してみると、左側で吊革に摑まっている男性の腕に時計があった。

まもなく午後十一時になろうとしていた。三十分も同じ場所に止まったままだが、人々はとても従順だ。

こんなことなら会社を出て真っ直《ます》ぐ彼の家へ向かえば良かった。乗換駅の終電までにはまだ時間があったが、二人の時間はどんどん減っていく。時限爆弾の爆発までの残り時間が減っていく映画のシーンが目に浮かぶ。電子回路の基板の上に取りつけられた赤い数字表示。

わたしたちの残り時間は明日の朝のわたしの出勤時刻までだ。

「福井のレースが終わったら、東京へもどって休みを取るから、ぜひ会いたい」

「ぜひ会いたい」という文字にいつも心がとろける。毎日、肩に力を入れて生きている。それがたった六文字の言葉で、心も体も柔らかくなる。言葉の魔法。会いたい気持ちを殺して過ごしている自分の心が、急に彼を求めるようになる。会う回数がどんなに少なくても、愛し合う相手がいるということの幸せを全身が受け止める。

二年間それを繰り返してきた。たいていは月に一度。時には二ヶ月会えないこともあった。

出会った夏、二泊三日で高原へ行った。

「一日でもトレーニングを休むと筋力が落ちるから」

それで二度目の旅行からは一泊だけになった。

出かける日、彼は朝のトレーニングを終えてからやって来て、次の日の夕方に別れると、寝る前にトレーニングをする。それでも筋肉が削り取られたように力が落ちているのがわかるという。

競技のプロフェッショナルにとって、練習を休むことがそれほどまでのダメージになると知って驚いたけれど、そうして身を削ってわたしと時間を過ごしてくれることが誇らしかった。ひどく申し訳なく思ったけれど。

秋には箱根《はこね》のホテルに行った。わたしが紅葉の庭園を散策している間、彼は箱根の山道を走りに出かけた。汗まみれで帰ってきた彼を抱きしめた。

春にはバルコニーから、一日中、稲村ヶ崎《いなむらがさき》の海を見て過ごした。

「ちょっと行って来る」

彼はランニングで海岸沿いの道を茅ヶ崎《ちがさき》まで往復して戻ると、さらには材木座《ざいもくざ》海岸の砂浜で延々とダッシュを繰り返した。それをわたしは、沖のサーファーを陸で待つ少女のように、バルコニーからずっと見ていた。

彼が走りに行ったことで一緒にいる時間が減るのは、少しもいやではなかった。むしろ、帰ってきたときの、弾《はじ》けるような笑顔を見るのがうれしかった。それは何ヶ月かに一度しかない、彼が「わたしのいるところに帰ってくる」という数少ない事件だった。

思い出をフラッシュバックさせながら、どうでもいいイタリアン・レストランで時間を潰してしまった自分の選択を、いまさらながら後悔していた。

今日の自分は最初からいつもの自分とは違っていたのだ。

彼と会うのが怖かった。彼とつきあって以来初めて、彼の顔を見て、自分がどんなふうになってしまうのか、自信がもてなくなっていた。

それでも彼の家には行かなくてはならない。

残り少ない時間を少しでも大切にしたい一方で、会うのが怖くて怖くて、居心地《いごこち》の悪いカウンターで、溜息ばかりつきながら、ひとり時間を過ごした、その時間を今は怨《うら》んでいる。あんなところにいたせいで、動かなくなった満員電車のなかで、貴重な時間をこうしてさらに無為に消費することになった。

失った時間は戻らない。そして……。

今朝、矢を放ってしまっていた。

明日の午後には彼の部屋に手紙が届くだろう。そうすれば二人の時間はもう二度と帰ってこない。

天空に放った矢が、彼のドアを射貫《いぬ》くまでの時間だけが残されている。

鏡が欲しかった。

彼が部屋の扉を開けた瞬間に、いつも通りの笑顔を見せなくてはならない。

それがどんな顔なのか自分が知らなかった。

電車の中でも、会社でも、服を買いに行った店の売り場でも、わたしはいつも、どういう自分でいたいかを考え、そうありたい自分を意識して生きていた。たとえ親が危篤だと知らされたその日でも、職場やクライアントの前では、いつもとかわらぬ自分、つまり、ほんとうの自分の状態とは関係のない、自分が作り上げた自分を見せてきた。もしかしたら、商店街の惣菜屋《そうざいや》で閉店間際に五割引のパックを買うようなときですら、ありのままの自分の顔などしていなかったような気がしている。

彼といる時だけ、あらゆるものから解き放たれて、わたしはいちばん自然な姿でいた。だから、彼の前にいるときに、自分がどんな顔をしていたのか、自分でわからない。

今夜のありのままの自分は、怖くて、悲しくて、辛《つら》い自分だ。今夜に限っては、「いつもの潮田智子と同じように見える自分」を見せなくてはいけない。

駅から信号をひとつ越えて、いつものように、彼のマンションのインターフォンのカメラ前で笑顔を見せ、ロックを開けてもらい、エレベーターで七階まで上がり、ドアチャイムを鳴らす。ドア越しに彼が近づいてくる足音に胸をときめかせ、開いたドアから、明るい光と一緒に彼の笑顔を見つけて、「来たよ」とわざと素っ気ない口調で言って、玄関を塞いでいるトレーニング用の自転車の横で靴を脱ぎ、足の裏にフローリングのひんやりとした感触を感じながら、居間に迎えられる。

今夜も、そうやって彼に会いに行くのだ。

《本日は長時間の運転見合わせによりまして》

アナウンスが変わった。

《大変ご迷惑をおかけしております。K町駅付近に故障により停止しておりました……》

それは何十回も聞いた。

《……車両をただいま駅のホームまで移動させております》

そこで乗客を降ろすのだろう。

《それが終わり次第、後続の列車もそれぞれ最寄りの駅まで運行した後、再度運転を見合わせます。再開までかなりの時間を要する見込みです。本日はご迷惑を……》

この車両も近くの駅までは進むから、そこで降りろということらしい。

《この列車はまもなくN山駅に到着いたします。N山駅でしばらく運転を見合わせますので、お乗りの皆様は……》

アナウンスが終わらないうちに、車両はゆっくりと動き始めた。車内に安堵《あんど》の空気が流れた。だれもひとことも口をきいていないのに、すべての人々が一斉にほっとしたとわかる。

いよいよ列車が駅のホームに差し掛かると、止まるまでがひどく待ち遠しかった。ドアが開き、長い監禁状態を解かれると、人々は我先に携帯を取り出し始めた。外の空気を吸うと、さっそくわたしも彼に電話をかけた。

「どうした？　動いたの？」

電話の向こうの彼の声が懐かしく温かかった。

「ごめんなさい。やっと動いたんだけど、N駅で降ろされちゃったの」

「いまホーム？」

「そうだけど」

「もたもたしていないで急いで階段を降りるんだ。タクシーの取り合いになるぞ。タクシーに乗ってからもう一度電話をくれ」

気がつかなかった。彼らしいと思った。もともとそうなのか、競輪選手だからなのか、いつも周りを感じるのに長《た》けた人。

すぐに階段に向かう。気持ちは焦るが、人が多くて駆け下りることはできない。ホームへ出てすぐに走り出していればと悔やまれた。満員の乗客全員が急行も停まらない駅で降ろされたのだ。乗客のほとんどはふだんこの駅で降りることのない不慣れな人ばかりで、階段の上下で立ち止まるから、なおさら人の流れが悪くなる。トイレの前にも行列ができていた。振替輸送はないのかと大声で駅員に食いさがっている人がいる。

やっとのことで改札を出た。タクシー乗り場にはすでに長蛇の列ができていた。完全に出遅れていた。

とりあえず最後尾についた。一台のタクシーが出て行って、次のタクシーが来るまでの時間を計る。自分はアナリストだ。最初の一台まで四十六秒。次は六十六秒。列は、前から十人数えて、その長さの六倍で約六十人。いま並んでも、自分の番が来るのは、おそらく早くても三十分、一時間以上かかるかもしれない。

スマートフォンで地図を表示する。少し歩けば大きな通りに出る。そこならここよりタクシーがたくさん通るはずだ。離脱しよう。

〈タクシーに乗ったよ。ちょっと苦労した〉

〈じゃあ、まもなくだね。わくわくしてる〉

こんな夜に、あいつといったら……。

大変だったねと労《ねぎら》ってくれるより、わたしを待っていてくれるその一言が、何倍もわたしを癒してくれる。

思わず微笑《ほほえ》みながら画面を消した。

「スマートフォン。便利ですよねえ」

「あ、はい」

運転手に話しかけられた。

「電車が止まってN山駅で降ろされちゃって、駅のタクシー乗り場が行列で……。降りたことのない駅でようすがわからないから、これで地図を見て、この通りまで出てみたんです」

「あたしもね。電車が止まっているというので、お客さんが拾えるだろうと思って、駅に向かおうとしていたところでね。近ごろは景気が悪くてただ走ってても全然駄目なもんだから。情報があるのとないのじゃ大違いですからね」

もしかしたらタクシーの運転手向けの情報システムを提案できるかもしれないと仕事の虫が疼《うず》いた。

「メールだって、あっという間に届いちゃうでしょ。ちゃんと読んだかどうかも出した方にわかったりね。昔は、ラブレターを出したら、もう着いたかな、読んだかな、なんて何日も考えてたもんですよ。返事が来ないと、読まずに捨てられたんじゃないかとか、途中のどっかでなくなっちゃったんじゃないかとか、あれこれ考えてくよくよしてね」

「返事、来ましたか」

わたしの問いに、運転手は前を向いたまま、ほんの少し間を取った。

「来なかったこともあったな」

こちらが続ける言葉を探している間に、運転手がまた口を開いた。

「ボーイフレンドのところですか？」

意表を突かれた。

「乗っていらっしゃる時、きれいな方だなあと思ったけど、スマホの画面を見てるときの顔が、なんていうんですか、それ以上にすごくキラキラしてたから。いや、後ろで画面の明かりが点《とも》ったから、自然にルームミラーに目が行っただけなんですけどね。なんだか、羨ましくてね。いや、相手の男性がとかいう意味じゃなくて、そういう気持ちになれるあなたのことが」

直進車をやり過ごすと、車は右折を終え、それと同時に、カチカチというウィンカーの音が止まった。

「すみません。つい余計なこと言っちゃいましたね。許してください」

特に言葉を返しはしなかった。

キラキラしていたという自分の顔とはどんな顔なのだろう。

鏡に向かって自分の顔を見る。髪を乾かしている顔とか、化粧をしている顔とか、身繕いを終えて出かける前に気合いを入れるために作ってみる笑顔とか、それが鏡で見る顔だ。だが人にはどんな顔を見せているのだろう。誰かに見せているはずの、本当の自分の顔を、実は見たことがないのではないか。

通りの両側が見慣れた風景になっていた。

「ふたつ先の信号のところで停めてください」

走り去る車の音を背にして、マンションのエントランスに足を向けた。

「接待だったというのにあんまり酔っ払ってないね」

「あのさ。ガールフレンドを部屋に迎え入れた最初の言葉がそれなの?」

「歓迎の気持ちはメールで事前にさんざん表現しただろ」

たしかに表現されていた。

「満員電車で一時間も立っていたら、酔いなんてすっかり醒《さ》めちゃうよ」

「散々だったね。こっちも待ちくたびれた」

「くたびれちゃったの？」

「待ちくたびれてた。でも、智子の顔を見たら元気になった」

「そうです。そういうことを省エネしないでもっと言いなさい」

「うん。要望は聞いとく」

キッチンに入って鍋のフタを開けると、チキンのトマト煮ができていた。

「わお。なにこれ、すごい」

彼の得意料理だ。筋肉を維持するためにタンパク質をたくさんとる必要があるんだ。そういいながら作ってくれたことが二回ある。カレー味とトマト味のふたつのバージョン。

「接待では何食べたの？」

「イタリアン」

「じゃ、もういらないかな？　鶏肉一キロ分作ったんだけど」

「食べるよ、食べる。接待のときは食の細い女を演じてたから。あなたのチキンは美味しいもの」

「美味しく作らないとたくさん食べられないんだ。栄養だと思って我慢してたくさん食べるのはけっこう辛いものがあるからな。俺たちは飯喰《く》うのも仕事のうちだから」

初めて二人で食事をしたときにも、飯を喰うのも仕事のうちだと言った。そして、わたしがたくさん食べるのを見てすごく喜んだ。

遠くでサイレンが鳴っていた。

「どっかで火事かな。ずいぶん何台も走っているみたい」

バルコニーへ出てみても何も見えなかった。

「よその火事はいいからさ。早くこっちへ来いよ。ビール？　それともワイン？」

「ワインかな。ビールだとお腹《なか》が膨れて美味しいチキンが少ししか食べられない」

「智子が食べるなら、おれももう一回食べる」

冷蔵庫からシャルドネが出てきた。もう栓は開いている。

「これ、買ってみたら、すごくうまいんだ。どうせ、智子がほとんど飲んじゃうんだけどさ」

この人は運動選手だからふだんあまりお酒を飲まない。アルコールは肝臓に負担をかけ疲労回復を遅らせる。酒は飲まず、子どものようにたくさん寝て、完全に疲労を取って、そしてたくさんトレーニングをする。そういう生活をずっと続けている。

二人の時は少しお酒を飲む。身体はわたしよりずっと大きいのに、お酒はわたしの半分くらい。仕事のために少ししか飲めないから、飲むときは美味しい酒を飲む。そういうポリシーなのだ。

身体はマッチョだけど、その身体と闘争心を維持するために、自分の状態を冷静に分析して、自分をコントロールする、繊細な心をもっている。

そういう男に尊敬の念を抱いた。この男のそばにいると、自分もプロフェッショナルとして辛いことを当たり前に受け止められる。勝ち気な自分にとって、勝つことを仕事にして、一日の時間のほとんどをそのために費やしている男が、自分の見えるところに居てくれることが、どれだけ励みになってきただろう。

その上、ものすごく楽しい。

完璧じゃない。完璧なマッチングじゃない。

出会ってからずっと有頂天だった。

S級2班、けっこう強いらしい。でも、わたしは彼のレースを見たことがない。見に来るなら内緒で来いと言われていた。親もデビューした時に一度呼んだだけだという。

けっこう強いけれど勝負だから負ける。勝負師の彼にとっては一等でゴールすることだけが「勝ち」で、それ以外は二位でも九位でも「負け」に違いがなく、勝つより負けることの方が多いわけだ。

勝ったところだけを見てもらいたいなんてどれだけ勝ち気なのよ、というと、それが仕事だから、と反論できないことを言われ、智子は勝ち負けを仕事にしているわけじゃないのに無駄に勝ち気だと、これまた反論できない言い方をされてしまう。言い負かされるのは悔しいけれど、昔から、自分を言い負かす男に惚《ほ》れてきた。

大きな身体で、キッチンを出たり入ったりしながら、チーズやトマトやブロッコリーやズッキーニを大きな皿に並べていた。わたしは、この家ではゲストで、もてなされる側だから、楽しそうに振る舞う彼をみながら、ワインを手酌で注《つ》いでいる。冷蔵庫の中に同じものがもう一本入っているのは発見済みだ。

なんと幸福な時間なのだろう。

なんでこの幸福な時間を自分から捨てようとしているのだろう。

「けっこう強い」彼が、S級2班からA級1班に降格しそうだと聞いたのは四ヶ月ほど前だった。彼のレースごとの成績は気にしていなかった。あいかわらず、たいていはそこそこの順位で走り、けっこう勝っていると思っていた。

「そこそこの順位の内容が悪いんだ」

「原因はわかってるの？」

「練習量が増やせないこと」

「どうして？」

「左腿の後ろの筋肉を傷めている」

「大腿二頭筋《だいたいにとうきん》」

彼とつきあい始めてから、筋肉の名前を勉強した。

「それより内側の半膜様筋《はんまくようきん》という細い筋肉に炎症がある」

「治せないの」

「ふつうに生活するには支障はない。競技には支障がある。たぶん練習しなければ治るけど、練習を減らしたら勝てなくなる。その結果が出始めている」

「一度思い切って休んだら？」

「そんなことをしたら復帰できる自信が無い」

「あなたなら大丈夫だよ」

「いい加減なことを言うな。十八歳から三十三歳のいままで、ずっとプロのトレーニングを続けている。一日休んだって力が落ちるのがわかるんだ。そして一日休んだくらいじゃ炎症は引かない」

「三十三歳になったんだから、若い頃と同じトレーニングしてたら身体が壊れるに決まっているじゃない」

「そんなことわかってるよ」

「わかってるなら練習量減らすしかないじゃない。会ったばかりの頃、あなた言ったよ。長く続けられる競技だから競輪を選んだって。四十四歳でS級S班になった人もいる。五十八歳で優勝した人もいる。六十八歳で出走した人だっている。そう言って教えてくれたじゃない」

「君は正しい」

「わたしと十日くらい旅行に出る？」

彼が黙った。

「ただ休むと不安になるからさ。代わりに楽しいことをすればいいんじゃない。もうじき勤続十年で特別休暇をもらえるから、二人で旅行に行って、愛欲に溺れて練習をおろそかにすればいいじゃない。それで、一度、A級に落ちればいいじゃない」

黙ったままだった。

「冗談だよ」

けっこう本気だったけど、そう言った。

「優しくするなよ」

ぽつりと言った。そんな言い方をする彼にこちらが動揺した。次の声は少し大きかった。

「なんで、そういうふうに優しくするんだよ」

こんどはわたしが黙った。言葉が見つからなかった。

「わたし、あなたがS級でもA級でも、そんなこと気にしないよ」

「お前のために競走してるんじゃない！」

彼の大声が部屋に響いた後、ふたりとも口を開くことができなくなった。

あの時から、寂しさを感じるようになった。

彼の何かを共有しようとしたことなどなかったし、彼もわたしの何かを共有することを望んではいなかったはずだ。

それぞれ自分のフィールドで戦う。

ふたりでいる時にはその時しか得られない時間を過ごす。

ずっとそうしてきた。それでなんの不満もなかった。それなのに「求めてもいなかったもの」が手に入らないと知ってしまった時、それが寂しくて寂しくてどうしようもなくなった。

歯車が狂って衝動的に時間を作って会ったこともある。そんな時だって、会えば必ず楽しかった。

インターフォンのカメラの前でヘン顔をしてみたり、トマトソースにオレガノを入れすぎてトマトの方をもう一瓶丸ごと増量して、溢れんばかりのトマトソースの底からチキンを掬《すく》い上げて食べたり……。

笑いが絶えなかった。

いつもと同じように過ごし、いつもと同じように楽しかった。

それでも心の芯は寂しかった。

初めて会って以来ずっと長い間、互いに自然に振る舞う相手のそばにいることが、自分にとっても自然だった。

いまは違った。

自然に振る舞っている振りをしていた。自然に振る舞っている振りをしている相手に気づいていた。

楽しいのに違う。幸せなのに寂しい。

だから、昨夜、手紙を書いた。

きっと破綻する。彼が筋力が落ちることを恐れているように、休みを取らなくてはいけない現実を受け止めることを恐れているように、わたしは幸福な時間の将来を恐れている。たった二年だけれど、そこにあまりにも自然にあった大切なものが、目の前で壊れていく姿をじっと見つづけることが怖い。

朝、出かける前に、別れようと書いた手紙をポストに投函《とうかん》した。

昼の間、平然と仕事に没頭することには成功した。

仕事から離れたとたん、最後の夜をきちんと迎えられる自信がなくなって、改札口に向かうことができなくなった。

今夜、ふたりとも、これ以上ないというほど完璧に「自然に振る舞うという演技」をしている。

完璧だ。

たくさん冗談をいい、ワインと一緒に美味しいチキンをたらふく食べ、一緒に音楽を選んで、柔らかい時間を過ごしている。

もう少ししたら、汗を掻《か》いた身体のままベッドに入り、涅槃仏とその観察者になる。

いつものように、彼の朝ご飯は丼二杯の卵かけご飯で、わたしの朝食は、ちゃんとしたメープルシロップをかけたパンケーキ。それにパイナップル。

「じゃあ、行って来るね」と、いつものように彼の家を後にする。

わたしは十五分歩いて駅の反対側の自宅に戻って、服を着替えて、会社に向かう。

彼は、その後、オフの日のいつものトレーニング。会社のわたしは怒濤のプロジェクトに没頭する。

彼の地域に郵便が届くのはたぶん午後の早い時刻だ。トレーニングから戻ってくるのは何時頃なのだろう。

辛い思いをするくらいなら、二人が知り合う前に戻ればいい。

そう思っているうちに夜は更けていった。

「とりあえずラーメンどう?」

オフィスでボスに誘われた。お互いに仕事はまだ終わらない。

時刻はまもなく午後九時になろうとしていた。上出来だ。彼のことを忘れてこの時刻まで仕事をしていた。

「バッグ、取ってきます」

急ぎ足でロッカールームに入った。バッグを取り出し、習慣で留守電をチェックした。

《ニュースにはなっていないみたいだけど、昨日の晩、サイレンが聞こえただろ。あれさ、うちの近くの郵便局が火事になったらしくてさ。郵便物がみんな燃えちゃったらしいんだよね。だからどうってことじゃないんだけど、なんだか君にそのことを伝えたくなって、それで留守電に入れてみた。もう若くないんだから、仕事、がんばりすぎるな。俺もちゃんと傷を治すよ》

ばか……。

ひとすじ涙が流れた。

郵便局が火事になってニュースにならないわけがないでしょ。

三回、大きな深呼吸をした。コンパクトを取り出して、メイクを確認する。

ポケットティッシュ二枚で元の潮田智子に戻った。

ボスには大盛りチャーシュー麺を奢《おご》ってもらおう。餃子《ギョーザ》もつけて。

第四話　閉じない鋏《はさみ》

帰っても母はいない。

夕食代わりに立ち寄った小料理屋で、高橋《たかはし》という隣の客と話をしていた。

「お仕事は？」

「サラリーマンです。気楽なもんですよ」

「まあ、気楽だよね」

「そりゃあ、あんまりですよ」

むっとした。たしかに気楽だと言ったには言った。しかし、そのまま肯定されるといい気持ちはしない。

初対面の客と客。相手のことを根掘り葉掘り聞きたいわけではない。近ごろ暑いですねという天気の話とプロ野球の結果の次ぐらいにどうでもいい、鉄板の話題として「仕事は？」と聞かれたに過ぎない。相手の年齢は、たぶん、六十代半ば。

「いや、気を悪くされたらごめんなさい。わたしもね。サラリーマンだったから、会社勤めだって、そりゃあ大変だってわかってますよ」

不機嫌な顔を見せてしまったのを反省しはじめた。

「会社員は会社員でたしかに大変でしたよ。ただ、五十八で早期退職して、オヤジの店を継いで文房具屋になったんですよ」

高橋さんは空になったグラスにボトルから黒霧島《くろきりしま》を注《つ》いで水割りを作った。

「父がちょっとボケちゃいましてね」

マドラーをアイスペールにもどす。氷が小さな音を立てた。

「発注を間違えて、消しゴムを千個も注文、なんてことが何度か続いたもんだから」

頭の中で千個の消しゴムの塊を思い浮かべてみようとしたが、まるでイメージが湧かない。高橋さんの文具店で消しゴムは月に何個売れるのだろう。

「わたしだって会社員の時は一応管理職だったんですけどね。店を継いだら、ちっちゃい店だけどいきなり経営者でしょ。一国一城の主《あるじ》といえば聞こえがいいけど、社長兼新入社員だ」

「五十八歳で新入社員で、しかも社長ですか」

自分に言い聞かせるように相手の言葉をなぞった。

「資金繰りから店の掃除までですよ」

嫌がっているようには聞こえなかった。

よかったらどうですかと勧められ、いただきますと芋焼酎をグラスにもらう。水は自分で入れた。家のこともあって、あまり酔うわけにはいかなかったが、目の前の男の話をもう少し聞きたい気持ちになっていた。

「会社でも予算達成とかノルマみたいなのがなかったわけじゃないけど、それで会社が潰れるわけじゃない。給料日にはちゃんと銀行の残高が増えてる」

「ですよね」

「会社員のときは当たり前だったことが、なんてありがたいんだって、自分で商売をするとわかるようになるんです」

自分の家も父が床屋をやっている。その父は、いま、ガンで入院している。母はひとりで店を切り盛りしながら、毎日、病院に通っている。

母の疲れた顔が目に浮かんだ。

このところ、店を一時間早く閉めて、夕食時間に合わせて父の病室を訪ねている。

「昔は子ども相手の商売でね。小学校が近かったからノートだのエンピツだの買いに来たんですけどね。百円二百円の積み重ねで十万円売り上げるにはノート千冊売らなくちゃならない。その子どもも少なくなった。しかも新学期だからって町の文具店で買うとは限らない。コンビニもあるし、ホームセンターにも文具コーナーがあるでしょ。種類も豊富ですよね。いまは近所の商店やオフィスですよ。商店街の方は半分シャッターが閉まっているけど、代わりに駅前再開発でオフィスが入って助かってる。ただね。通販に負けないように、すぐ届けないと使ってもらえない。会社に在庫しなくても、これとこれとこれだけは電話一本で三十分以内に届けますって。うちみたいな町の文房具屋が、大手や通販と競争して勝てるのは早さだけですからね。あとはね。ボールペンの替え芯とか、クリアホルダーとか、あと、コピー用紙なんかもだな。めぼしい消耗品を箱に入れて置かしてもらうんですよ。総務課を訪ねて、いつも何を買っているか教えてもらって、そのリストの上から十種類か二十種類。それを週に一度、補充に行く。それで月末に使った分だけ、精算して払ってもらうようにしてます。富山の薬売り方式です。総務の人の在庫管理の手間もいらなくなるでしょう？　経理の人は在庫を減らせて喜んでくれる。自然に週に一度、得意先に行く口実ができる。行けばリストにない品物の注文も取れます。スチールキャビネットが売れたこともありました。まあ、そんな感じでなんとか」

社交辞令で始まった話が、いつのまにか熱を帯びていた。

「週に一度行くのは、会社の雰囲気を見るという目的もあります。掛け売りだから。

こんなこと言っちゃなんだが、いまどき、どんな会社でもいつ潰れるかわからないでしょ。ぎりぎりで経営しているから、回収できないと、いきなりこっちが潰れてしまう」

苦労話なのに明るい顔をしている。

この人は会社員のときにもきっと優秀だったのだろう。自分のアイデアで店を経営していくのを楽しんでいる。いまの仕事を愛している。

「ただね。どんだけやっても儲《もう》からないんだ。店舗が自分んちの物件で家賃がないから、ぎりぎりやっていけている。生活の方は年金でなんとかなりますけどね。ほら、ずっと会社員だったから厚生年金だしね。年金をもらえる前は、はっきり言って、もらった退職金を食いつぶしそうでしたよ」

高橋さんは、ふと遠い目をした。

「お客さんもいるし、なんとかわたしが元気なうちは続けるけど、とうてい息子や孫に継げとは言えないなあ」

「息子さん、おいくつなんですか」

「三十八だったかなあ」

「それじゃ、僕と同じです」

父もこの人とほぼ同年代だ。高橋さんは元気で、父は病気だ。

店の場所を聞くと、隣の町だった。昔は立派な商店街だった。子どものころ、アーケードでイベントがあって、駄菓子とヨーヨーをもらうのが楽しみで、自転車を漕《こ》いで、わざわざ行ったものだ。

久しぶりにあの商店街へ行って、高橋さんの文房具店を訪ねてみたいと思った。何を買おうか考えたが、すぐには思い当たらなかった。

「いい商店街ですよね」

「昔はね」

そういって、高橋さんは目の前の箱からタバコを一本取りだした。

「いまじゃ、シャッター通りだ」

口を細めて吐き出す煙が溜息《ためいき》のようだ。

「子どもの頃、菓子屋と本屋には行ったことがあります」

「どっちもとっくに廃業しましたよ。後継者がいなくて」

「そうですか」

「みんなそうだ。床屋も、去年、なくなってね。美容室ならあるんだけど、この年になって、いまさら入ってみる勇気がなくて」

「あ、ヘアカットは、新しいところ、行きにくいですよね」

自分でもそう思うが、お客さんがそう言うのもよく聞いていた。

町内で生まれて、子どもの頃からずっと髪を切りに来てくれるお客さんがたくさんいる。そのかわり、そういうお客さんが、引っ越していったり亡くなったりして減っていく一方で、新規で来てくれるお客さんはあまりいない。

「隣町の商店街に芝山《しばやま》って床屋があって、いまはそこへ行っています」

驚いた。

「それ、うちですよ！」

「え、そうなの？　あなた芝山さんっていうの？　じゃあ、お店やってるの、あなたのお父さん？」

「そうです！　ご利用戴《いただ》いてありがとうございます」

「そうかあ。いや、驚いたなあ」

「わたしも驚きました」

「お父さん、腕がいいよね」

お世辞じゃない。こっちを見て目を逸《そ》らさない。

「初めて行ったときですよ。『どういうふうにしましょう』って聞かれるでしょ。

ちょっと困ったんですよ。何十年も同じ所へ行ってたから、どういうふうにとか説明したことなんかなかったもんだから。黙って座るだけで、いつも同じようにやってくれてたわけで」

「たしかにそうですね」

「答えられなくてしばらく黙ってたら、『前に切ったのはいつですか』と聞くので、四週間前だと答えて、『同じでよろしいですか』というから、そうだって。それから『失礼します』といって、わたしの髪に手を入れて、しばらくあちこち指で梳《す》くみたいにしただけで、『解《わか》りました』っていうんだよね。で、終わったら……。驚いたよ。思っていた通り。初めてなのに、いつもとまったく一緒のできあがり」

年配の高橋さんが、小学生みたいに目をきらきらさせて話していた。おかあさん、今日、学校でこんなことがあったよ。家に帰るなり大きな声でそう話す子どもみたいに。

父の仕事を褒められるのはうれしかったが、うまく言葉を返すことができなかった。

「ありがとうございます」

何に対するありがとうなのか曖昧だが、ほかの言葉が見つからない。

「二週間前にも行きましたよ」

「母がしましたでしょう？」

「そう。最近、僕が行くときに限って大将いなくてね」

入院していることを話そうか迷った。

「初めてお母さんになった時は、またにしようと思ったんだけど、よろしければばって自然に言われて、行きがかりだから『じゃあ、お願いします』ってことで。ところがどんなふうにとも聞かれなくて、『いつもと同じでよろしいですか』というから、つい『はい』って答えて。だって、初めてでしょう。いつもお父さんにやってもらっているんだから。なのに『いつもと同じ』って……」

「同じでしたか？」

「同じでした。ほんとに驚きました」

「店の誰がやっても、父がいなくても、お客さんに同じサービスが提供できるように。長い間、そういうふうに店をやっています」

「どうしたらそんなことができるんですか。仕上がりの写真を撮ってカルテに保存してるというわけでもなさそうだし」

「父がいるときも、シャンプーは母でしたでしょう？」

「そう。ずっと、ご夫婦で切り盛りされているんですね。いいなあ」

「母はシャンプーしながら、お客さんの髪質と父の仕上げた髪型を見るんですよ。見た目の形だけではなくて、手で触って外からは見えない、父が髪型に込めた『構造』みたいなものまで」

「でも、カット、シェービング、シャンプーで、それぞれ料金わけているじゃないですか」

「ええ。カットだけで安くすませたいというお客さんが多いので苦肉の策です」

「シャンプーしない人だったら、それができないのでは？」

「初回のお客様はシャンプーはサービスなんです」

「あ、そうだ」

　高橋さんは、ほうというように少し口をすぼめた。

「なるほど。たしかにそうだった」

「母は母で、父がカットしたお客さんにも満足して戴けるように、そこでデータを取っているんです」

「すごいなあ」

「そういうのが好きなんです。うちの両親は髪オタクですから。理容学校で知り合って、お互いに研究熱心なところに惚《ほ》れたということらしいので。お客さんの名前を忘れていても、髪を触れば思い出すらしいです」

高橋さんが柔らかな笑顔を見せた。

「芝山さん、兄弟は？」

「ひとりっ子なんです」

「じゃあ、お店を継ぐ人はいないってことなんですね。そうかあ。個人商店を続けていても将来が見えないからな」

胸が痛む。

「第一、自分の店だけいくらちゃんとやっても、周りがどんどん店じまいして、商店街がだめになってしまったらどうしようもない。うちもそうなんだけど」

「僕も理容師の資格はもっているんですけどね」

「ほう。それはいい」

「高校生の時、理容学校の夜間コースに通いました。美容師の方は大ぜいだったけど、理容科の夜間部は二十人しかいなくて、来ていた学生のほとんどは、家業が床屋でしたね」

「そういうもんなんですかね」

「美容師になりたいってやつはいるけど、家が床屋じゃなきゃ理容師になろうと思うやつなんかいませんから」

「そうかもしれないな。しかし、資格があるのにもったいないなあ。そんなに簡単になれるもんじゃないでしょう？」

「国家試験の合格率はその時々ですが、難しい試験というわけではありません。でも時間とお金はかかります。専門学校は二年間なんですが、全部で二百万以上かかったと思います。父と母が髪を切るお客さん何人分、なんて考えちゃうと申し訳なくて」

「親はどんなことしたって出しますよ」

そう言った高橋さんはこっちを見なかった。自分は結婚もしていない。もちろん子どももいない。

「通信制でいいと言ったんですよ。そっちは三年かかるけどずっと安い。学費だけだと三年分で六十万円ほどです。ずいぶん違うでしょう？　でも、父は『通え』といいました。学校で新しい技術を身につけて、自分にも教えてくれと。わたしが夜遅く教科書を開いて勉強していると、横からのぞきこんできて、『ほう。昔はこういうのはなかったぞ』とか言ってくるんです。ずいぶんうれしそうにね」

高橋さんがうんうんと肯《うなず》いていた。

「実技は家に先生がいますから問題なかったな」

「いい息子さんだ」

「結局、家業を継がずにサラリーマンになったんだから、よくはありません。大金を出してくれたのに親の期待に応えなかった」

酒を勧められたが断った。

「二年間、理容学校に通って、国家試験は一発で受かったので、高三の時からは大学の受験勉強ができたんです。通信教育にしておけば三年かかるから、受験勉強をするひまがなかったんだけど……」

「通信制にしていたら家を継いでいたかもしれない？」

「かもしれません」

「わざわざ学費の高い方へ行かせて、親としてはずいぶんと痛い出費だったなあ」

「もしかしたら、後に引けないようにそうしたのかもしれませんけど」

「やっぱり大学に行きたかったんですね」

「まあ、そういうことになりますね。もっとも、大学にも行きたかったけど、たぶん、それより、みんなと同じ高校生活がしたかったんだな。夜間に通っていたから部活にも入れなかったし、放課後にクラスメートと町へ出て遊ぶこともなかった」

「みんなと同じ高校生活が受験勉強ですか」

「おかしいですよね」

「おかしいです。わかりますけど」

二人ともそこで黙った。

カウンターの中で何かをフライパンで炒《いた》める音がしていた。

その音が夕立みたいで、不思議に癒される。

急な雨に遭って、どこかの軒先に駆け込んで、偶然に高橋さんと自分が雨宿りをしている。時間ともう一つの何か別のものを共有しているような気がした。

それが何なのかはわからない。わからないけれど、高橋さんと話をしたことで、父の入院以来、ずっと心の奥にどんよりと溜《た》まっていたものが動いて、（外へ出はしないにしても）いくらか柔らかくほぐれたような気がした。

「半年くらい前のことだけど」

父のガンが見つかる直前だ。

「夕方になって、急に髪を切りたくなってね。髪が伸びてても平気だったのが、頻に髪がかかったりして、あるとき突然、わあうるさいってなるじゃないですか」

「わかります」

「もう閉店間際の時間だったんで悪いかなと思って電話したんですよ。いまから行ってもいいですかって。レストランでいえばオーダーストップみたいなこともあるかもしれないし。大丈夫ですというから、すぐに出ます、十五分ちょっとで行きますって言って……。ところが、そんな時に限って、出がけに電話がかかって来ちゃってね。結局、お店に着くまで三十分くらいかかってしまったんです。急いで自転車漕いで行って、お店の扉を開けたら、お父さん、椅子をこっちに向けて背もたれの後ろに立って待っててくれたんですよ。もしかしたら、お父さん、三十分間、ずっとそうやってわたしを待っててくれたのかなと思ったりして」

「いや、そんなことはないと思いますよ」

口ではそう言ったけれど、あの父ならやりかねないと思った。

胸で携帯電話が振動した。

緩んでいた顔がこわばった。

〈至急、電話をください〉

母からのメールだった。

飛び乗った電車は吊革《つりかわ》にほとんど空きがないほどの混雑だった。

時刻はまもなく午後十時。

電話で聞いた母の叫びを圧《お》し殺すような声が耳に残っていた。

「すぐ病院に来て欲しいの。お父さんの容体が急変したの。加地《かじ》先生、今晩が峠だって仰《おっしゃ》るのよ」

電話がつながるなり、母は興奮した口調で一気に話した。

「今夜が峠って、明日の朝までもたないかもしれないってことなのか」

「もう意識がないの。血圧も上が八十まで下がってる。酸素吸入してるの」

声がうわずっていた。

「夕食はいつもどおりいっしょに食べたのよ。その時まではなんともなかったの。ここの病院の高野《こうや》豆腐はまずいなんて、いつもの調子で文句言ってね」

父は手術で声帯を切除している。文句を言うのも筆談だ。

「先生が息子さんを呼んでくださいと仰ったもんだから、それでメールしたの。とにかく、早く来て欲しいの」

息子さんを呼んでください。

医者はもう余命が残り少ないことをそうやって家族に告げるのか。

電話を切ると急いで店内にもどり、あわただしく会計をして店を出た。高橋さんには急用ができたとだけ言った。

戸口で立ち止まり、家に寄って何かをもっていった方がいいかもしれないと思った。だが、何も思いつかない。考えられない。

母に聞いてみようとしたが、電話は通じなくなっていた。個室に移ったから病室でも携帯電話が使えるのだと言っていたはずなのだが。気づけば新しい部屋番号も聞いていない。そっちは行けばわかるだろう。

「この一時間二時間ということはないと思うのよ」

医者がそう言ったのか、それとも母が勝手にそう思っているのか、それを確かめることもしなかった。どちらであろうと、少しでも早く父の病院へ駆けつけなければならない。急いでる。

まず、近くの車両連結部でがつんと音がした。

連続的な金属音がしはじめたと思った瞬間、車両は急減速を始めた。吊革が一斉に軋《きし》み、あちこちで小さな悲鳴があがった。

吊革をもつ腕があっというまに伸びきり、後ろから来る何人か分の体重を受け止めなくてはならなくなった。

手を放せば、周囲の人間もろとも、自分も誰かに体重を預けることになるだろう。足下を動かすことができないまま、わずかな隙間に向かって押された上体が倒れ込み、その上に、人々が折り重なってくる。そんなイメージが頭を駆け巡った。肋骨《あばらぼね》が折れ、それが自分の体内で肺を突き破るレントゲンのイメージ。誰かの脇に挟まったまま、腕を残して自分が床に倒れれば、肩の可動範囲は無理やりに拡《ひろ》げられ、折れた鎖骨が薄い皮膚を突き破って、次の瞬間には喉を突くかもしれない。

今日に限ってなんというい やな想像ばかりがはたらくのだ。

恐怖の時間は一瞬で終わり、列車はすでに速度を失っていた。

伸びきった腕がじわりと緩む頃、スピーカーから車掌の声がした。

《お急ぎのところ、大変ご迷惑をおかけしております。停止信号を受信し、ただいま緊急停止を致しました》

止まったのは誰でも知っている。

「事故か」

見えないところで誰かが言った。

いままで走行音に埋もれていたらしく、誰かのイヤフォンから乾いた音楽が聞こえてきた。人々が一斉に耳を澄ましているという気配がする。

《お急ぎのところ、大変ご迷惑をおかけしております》

さきほどと寸分違《たが》わぬアナウンスが繰り返された。

《ただいま、この先のK町駅において発生しました人身事故の影響で、列車が停止しております》

また人身事故かよ。

遠くで声がした。他には誰も何も話さない。見渡すかぎり百人ほどの男女がいて、みな表情ひとつ変えず、黙って立っている。スマートフォンを手にしたものは俯《うつむ》き、何ももたずに立っている者は、ところどころで顔を上げて所在なげに車内広告を見ていた。

車内に動揺したようすはうかがえなかった。誰にとっても、日常のよくある状況に過ぎなかった。

たぶん。人が死んだのに。

心の中でそう言葉にした瞬間、感情が込み上げてきた。

こんな時に死ぬなよ。

声に出して叫びたかった。

意識を失い、個室に移された病床の父のところへ、急いで向かっているのだ。よりによってこんな時に電車を止めるな。

父の死についてはとっくに覚悟している。半年前、軽い心臓発作で救急搬送され、検査を受けているうちにガンが見つかった。

下咽頭《かいんとう》ガン。

このガンが見つかったときには、多くの場合、病気がかなり進行している。父の場合もそうだった。Ⅳ期。文献で調べた単純な統計では、五年生存率三十から四十パーセントと書かれていた。しかし、医者の語り口からは、父の場合、もっと難しいらしい。喉頭《こうとう》に浸潤し、リンパ節にも転移している。

すぐに手術をした。下咽頭・喉頭・頸部《けいぶ》食道切除術。それで声を失った。

最初、父は手術も放射線治療もしないと言った。

「手術したら仕事ができなくなる」

「なんで？　手も足もなんともないだろう？」

「声が出なくなるんだぞ」

「声ぐらいいいじゃないか。命の方が大事だろ」

「おれは床屋だぞ」

はじめその言葉の意味がわからなかった。

「ひとことも口をきかない陰気な理容師に髪を刈ってもらって、お客さんは楽しいか」

床屋で話をするのが面倒だという人だっている。そう言いそうになって言葉を飲み込んだ。

床屋談義。

古くからのお客さんには、それを楽しみにしている人もいる。軽い話のきっかけになるように、店ではBGMでなく、ラジオを流している。

「おれの知り合いにも障害があって話をすることができない理容師はいる。立派な人だよ。腕もいい。常連のお客さんもちゃんといる。その人はその人なりの床屋をやっている。そこにお客さんが来てくれている。それがいいんだ。だが、おれは芝山理容室の主人だ。おれは喉を切るか切らないか、いまこうして選ぶことができる。おれが理想とする店をずっと経営してきたんだ。おれの店のやり方はおれに決めさせて欲しいんだ」

声帯を失い、たぶん、味覚もほとんど失う。食道を一部まで切除したあと、残された食道下から引っ張り上げて上に繋《つな》ぐという術式を聞いたときには、文字通り身が縮む思いがした。それでも生存率はたいして上がらない。

病気と闘わないと宣言したとき、父は自分の残りの人生をきちんと描き直していた。

だが、家族の方はそうはいかなかった。

急につきつけられた父の死と向き合えなかった。父は自分の残りの人生を生きればよいが、家族は父がいなくなった後の人生を生きなくてはならない。

理容学校で出会って以来、母にとって父は恋人であり、夫であった。そして、もしかしたらそれ以上に、仕事のパートナーだった。母のいまの人生は、すべて父と作り上げたものだ。

息子の自分だって同じだ。父は自宅兼店舗にいつもいた。学校に通っているときも、サラリーマンになってからも、家に帰ればそこに父がいた。

母と自分は、父を失うことを想像できず、受け入れることができなかった。父のいない芝山家を思い浮かべることができなかった。

頑《かたく》なに治療を拒もうとした父に対し、母と自分はふたりして、治療を受けるように言った。

「父さん、自分のためじゃないんだ、家族のためだと思って、治療を受けてくれよ」

そう懇願した。

それでせめて、もうあと二年、いや、一年でも、生き延びて欲しいと思ったのに……。なんでこんなに早く……。

こんなに残りの時間が短いとわかっていたら、父のいうように治療などせずにふつうに暮らしていたほうが、何百倍もよかった。

なんてことをしてしまったのだろう。

父はまもなく亡くなるだろう。

不思議なことだが、母から知らせを受けたとき、助かってくれという気持ちは起きなかった。「運命の日が来た」と自然に思った。と同時に、動かなくなった電車の中で、父への対応をくやむ気持ちが自分を圧倒しはじめていた。

それにしても、なんでこんなときに死ぬんだよ。

人身事故というのは、飛び込み自殺だろう。そうではなくて、酔っ払いか歩きスマホの人間が、過ってホームから列車の入ってくる線路に転落をしてしまったのかもしれない。が、とにかく、なんであろうと、なんで、今日この時に死ぬんだよ。

時計を見た。

列車が停止してから、まもなく四十分になろうとしていた。

時間の長さは、事故が重大なものだということを示している。いま、この時刻、散乱した肉を拾い集め、少しでも早く電車を動かそうとする作業が続いているにちがいない。

手術の後、担当医から見せられた、父の喉から摘出した肉片を思い浮かべていた。

「ぎりぎりで切りましたが、こんな状態でした」

グロテスクで人間の身体《からだ》の一部のようには見えなかった。

「一応、病理に出しますが、切り口にガン細胞があれば、取り切れていないということになります」

一応という言葉が、すべてを語っていた。

生きながらえてくれという気持ちが起きないのは不思議だった。

まもなく父は死ぬ。もうその事実を動かすことはできないと感じている。

ただ、生きているうちに父に会いたい。父が自分に答を返すことはできなくても、自分は父に向かって話したい。

たとえ意識はなくても、耳は聞こえるのではないか。いや、手や足や口や瞼《まぶた》が動かないだけで、父の脳はいつものように動いていて、いまこの瞬間も何かを考えているのではないか。

父は自分がもうじき死ぬのだと理解し、楽しかったことを思い出しているかもしれない。やり残したことを思って、父の脳は悔し涙を流そうとしているかもしれない。すでに意識に従わなくなってしまった肉体は、いま、父に涙を流すことすら許さないのか。そうなのか。

すべては想像だ。

だが、その想像は、動かなくなった通勤車両に押し込められながら、強烈な現実味をもち始めていた。

動かない肉体に閉じ込められた意志。それを思うと切ない気持ちが募った。

ほんのひととき眠りに堕《お》ち、仰向《あおむ》けにベッドにいる隙に型を取られ、目覚めた時には全身を石膏《せっこう》に固められ身動きひとつできなくなっている。

脳のなかの運動を司《つかさど》る部分が機能しなくなった、あるいは筋力がゼロとなった肉体に、心だけが閉じ込められている。もしかしたらそんな状態なのかもしれない。

もう一度だけ、旨《うま》い寿司《すし》を食わしてやりたかったなあ。

急に手術二日前のことを思い出した。

その日、午後から外出許可をもらっていた。夕食のワゴンが病室の外の廊下に並びはじめたころ、父と母とわたしは、外へ何かを食べに出ようとしていた。手術の危険《リスク》ももちろんある。まもなく父は声を失う。無事に退院できても、夕食の団欒《だんらん》で父が饒舌《じょうぜつ》に話すことはもうないのだ。だから、テーブルを囲んで家族で食事をしようということになった。

「最後の晩餐《ばんさん》だね」

「いやですよ、最後だなんて、お父さん、そんな縁起の悪い。退院してくれれば今まで通りみんなでご飯を食べられるじゃないですか」

「縁起で人の生死が決まったりするものか」

「ほら、また生死とかそんな言葉を使うんですから、ほんとに趣味が悪い」

夫婦の会話は健在だった。

父はいつもと変わらぬようでもあったが、自虐的に縁起の悪い言葉を使って、不安を吹き飛ばそうとしているようにも見えた。

ベッドを仕切るカーテンが開いて、普段着の父が出てきた。寝間着でない父の姿を見るのは、すいぶんしばらくぶりだった。シャツの襟からのぞく首がずいぶんと細くなっている。目もくぼんでいる。

日頃見ていた寝間着姿では、ゆっくり進む風貌の変化に気づかなかったが、元気だった頃の服装になると、入院する前の姿との違いは明らかだった。

「どこへ行こう。何食べたい？」

「なんでもいいよ。病院の食事でないだけで何だってご馳走《ちそう》だ」

「父さんのために出かけるんだから、ちゃんと希望をいうもんだよ」

「ほんとになんでもいいんだから。退院すれば、また何だって食べられる」

それ以上何も言えなかった。

楽しい団欒をと思ったものの、不安で気分は重く、何のアイデアも浮かんでこなかった。心の奥底では、どこで何を食べようかなどと考える気持ちになれなかったのだ。

病院の玄関を出て、通りへ出てみると、幹線道路の向かいに寿司屋の看板が見えた。

救いの神に出会ったような気がした。

イタリアンだのフレンチだのはちがう。かといってトンカツやお好み焼きというのもそぐわない。アイデアもなく、そんなところで堂々巡りを繰り返していたところに寿司屋だ。少なくとも我が家族の中では、寿司はいつだってご馳走だった。

「寿司にしよう」

反対はでなかった。やっと考えたくもないことを考えることから解放される。ところが信号で横断歩道を渡り、店に近づくにつれて、気持ちが重くなった。その店には客を誘う気配がまったく感じられなかったのだ。道路拡張工事でも始まるのか、両隣は空き地だ。

いやな気分。いや、それもこんな日のこんな夜だから、そう思えるのだろう。そもそも食欲だってないのだ。家族一緒に過ごす時間はもう限られている。早くどこかの店に腰を落ち着けよう。三人が三人とも感じているいやな予感を、そうやって上塗りして、むりやり店に向かって足を進めたのだと思う。

寿司　金子《かねこ》。

古い木造建築の店構えに、いかにも寿司屋然とした書体の看板が掲げられ、そこに両側から電球の光が当たっていた。他には何もない。

従業員募集、宴会予約の案内、営業時間の表示、ビール会社のあてがい扶持《ぶち》のポスター、〇〇商店会会員の証の類。営業している飲食店なら、ひとつやふたつは貼ってありそうな掲示物が何もない。高級料亭ならいざ知らず、町の小さな寿司屋に必ずありそうなものが何ひとつない。

引き戸を開けた。

カウンターだけの店に客は誰もいなかった。

「いらっしゃい」

一呼吸遅れてカウンターの向こうから顔を出した店主らしき男は、客が入って来たことに驚いているように見えた。

「もう閉店ですか」

「いえ、やってますよ」

いまにして思えば、今日はもう閉店ですと言われた方がよかった。

そうすれば、しかたがないね、ファミレスでも何でも近くで開いている店にしてしまおう、ということになったと思う。

贅沢《ぜいたく》なものを食べる必要などない。ただ家族三人がひとつのテーブルを囲んで、笑いながら食事をする。そんな時間が欲しかっただけだった。何か特別な食事にしなくては、という気持ちが父にも母にも自分にもあり、かといって積極的に楽しいことを考えることもできなかった。

当たり前にひとつのテーブルを囲んで三人で食事をすること。少し前まで当たり前だったそのことができなくなっていた。だから、特別でないふつうのことを考えればよかったというのに、あの夜、それに気づくことができなかった。

小鰭《こはだ》、鳥貝。

最初に注文しようとした二つとも、今日はもうないと言われた。

あいにくだ。「ない」という前に「あいにく」という言葉くらいつけろよ。鳥貝はともかく小鰭までないなんて。

とにかくひどい寿司屋だった。その後に出されたものも、どこかの回転寿司の方がずっとましだ。

店主に気を遣うのはやめて口にした。

「まだ時間は少しあるから、もう一軒、どこか別の店へ行ってみようか」

こうしている間にも、外出時間は消費されていくのだ。

「ここでいい」

父は静かにそう言った。

悲しかった。大事な夜にこんな店で過ごすなんて。今日がどういう日か知っているのか。そう店主に食ってかかりたかった。

むりに笑おうとしながら、少しも心から笑うことができない、そんな家族の晩餐になった。

あの日以来、父は病院食しか食べていないはずだ。

高野豆腐がおいしくないのか。

そうだろうなあ。想像できるよ。

想像の中で噛《か》みしめた高野豆腐から、口の中に汗臭い煮汁が広がった。

《お急ぎのところ、大変ご迷惑をおかけしております。ただいま、この先のK町駅に停車中の電車が発車いたしました》

どうやら事故の処理が終わったようだ。

《まもなく運転を再開いたします。お立ちの方は吊革におつかまりください》

小さなショックがあり、やがて電車が動きはじめた。

レールの継ぎ目を越える音の周期が短くなるに従って、ささくれ立った心はいくらか和んだ。

あれから一度も携帯電話は鳴っていない。

だいじょうぶ。父はまだ生きている。

タクシーがT病院の夜間入口の前に着いた。

停車する前から、先に半身を乗り出して財布を開いていたというのに、いざ払うときには、つい気が急《せ》いて小銭をこぼした。間が抜けている。

病院の広いフロアは明かりがほとんど落とされて暗かった。緑色の枠の中に逃げこむ人が描かれた非常口のサインと、片隅の自動販売機だけが、やけに明るい光を放っている。

夜間受付と書かれた警備室の小窓で記帳する。

「あの、第二外科の芝山弘敏《ひろとし》は何号室でしょうか」

「あいにくここでは部屋まではわかりません。第二外科は六階ですから、エレベーターで上がってナースステーションで聞いてください」

そうだろう。どうも気が急いている。

入館バッジを受け取り、手に持ったまま病棟用のエレベーターに向かった。三つ並んだエレベーターのうち、動いているのは一つだけだ。

無音のフロアに到着を知らせるチンという音が響き、中から点滴棒をつけた車椅子の老人が出てきた。膝掛けの上に、タバコとライターが載せられている。

乗り込んだエレベーターの中は、いつものようにアルコールと獣の臭いが同居していた。通い慣れた六階までエレベーターは重そうに上がっていく。

降りてすぐ目の前にナースステーションがある。再び記帳しながら部屋番号を確認した。

個室は廊下の突き当たりだった。

扉は開いていて、薄いブルーのカーテンがわずかに揺れて見える。暖簾《のれん》をくぐるようにして中へ入った。

「俊和《としかず》」

「遅くなってごめん。電車が途中で立ち往生していて」

「よかった。間に合った。いまは小康状態みたい」

仰向けに眠っている父の口には、透明なフェイスマスクがかぶせられている。

酸素がシューシューと音を立てている。

壁際に並んだ機械に表示されているのは、脈拍、呼吸、体温、それに血圧。二桁しかない最高血圧の数字が、小さな音とともに時々変わる。

顔に手を触れた。

父は眼を閉じたまま、まったく動かなかったが、伝わってくる体温がこちらの体に染みこんでくるような気がする。命に感謝だ。思えば、物心がついてから父の顔に触れた記憶はなかった。顔だけではない。父の身体に触れた記憶は、はるか小学生まで遡る。

いやちがう。

高校生のときだ。

理容学校が始まる前に理容鋏《シザー》の持ち方を教えてくれた。

「いいか、まずここの指穴《リング》に薬指を入れて、それから、こことここに他の指を当てるようにもつ」

「親指の方はあんまり深く指穴に入れない」

初めて手にした鋏《はさみ》の柄は、金属とは思えないほど滑らかだった。どこにも角がなくて、自然にそれぞれの指が落ち着く場所がある。

「それから肘はこうだ」

「手首はできるだけ柔らかくして。こんなふうに。そう。上下左右、どっちに鋏を向けるときでも自然に動かせるように」

「櫛《くし》は最初はこうやって、それから……」

あのとき、父に指や腕や肘を触れられた感触が甦《よみがえ》ってきた。そんなこと、いままで一度だって思い出したことはなかった。

そうだ。キャッチボールだ。

小さなころ、近くに住む子たちが父親とキャッチボールをしているのが羨ましかった。自分の親はキャッチボールをしてくれなかった。万一、指をケガしたら、仕事ができなくなる。祖父の代から床屋だったから、父も祖父とキャッチボールをしたことはなかったという。

「それがうちの家業だ。指を痛めるようなことがあったら、家族がみんな食べていけなくなる。何十年も通ってきてくれているお客さんにも迷惑がかかる。すまないが、お前とキャッチボールはできない。わかってくれるな」

そう言ったとき、父はさびしそうだった。

以来、二度と父にキャッチボールをねだることはしなかった。本や玩具や菓子をねだることはあっても、キャッチボールだけはねだらなかった。

そうなのだ。高校生になって初めて、父に理容鋏の使い方を習ったあのときが、父と自分にとって初めてのキャッチボールだったのだ。

その父の理容鋏《シザー》が枕元に置いてあった。元気になってまた鋏をもってくださいね、という母の願いなのだろう。だが、ほんのわずかようすが違っていた。

「母さん、この鋏、柄に傷がついているじゃないか。どうしたの？」

買えば十数万円はする理容鋏は、父にとって身体の延長だ。常に扱いは丁寧で、手入れも念入りにしている。

「仕事中に床に落としたのよ。それも同じ日に二回も。結婚してから四十年、この人が鋏を落とすのを見たのは初めてよ。どうしちゃったのって言ったら、呆《ぼ》けたのかなって」

病気の兆候だったのかもしれない。

肩に手をやった。

呼吸とともに弱々しく動いていた肩はひどく骨張っている。

そうして父の体に触れているあいだ、母は今日の午後からいままでに起きたことを話した。

「ここの病院の高野豆腐はまずいなんて、いつもの調子で文句言ってね」

電話口で聞いたことをもう一度、母の口から聞いた。

ほら、と母が視線を投げた先、父の枕元におかれた筆談用のボードに、震える字で「コーヤ豆フ　まずい」と書いてあった。

それが父が話した最後の言葉で、母が食事のトレイを廊下のワゴンまで下げてもどったときには、もうぐっすり寝ていたのだそうだ。

ところが、午後八時過ぎに看護師《ナース》が血圧を測りに来て異常に気づき、昏睡《こんすい》状態にあることがわかった。

医師が来て、まもなく個室に移され、バイタルサインと呼ばれる脈拍、血圧、呼吸、体温などの測定データを、常時ナースステーションに送信する装置がつけられた。

「先生は何て言っているの。どうして急に……」

「もしかしたら脳に転移しているかもしれないそうよ。ただ、何が原因であるとしても、いまできることは限られているらしい」

「つまり、生命活動を維持するための処置をするだけってこと?」

「おそらくそういうことね」

落ち着いた声だった。

「母さん、来てみたら案外しっかりしてるじゃないか。もっと取り乱していると思ってた」

「わたしは大丈夫よ。目を瞑《つぶ》っていても生きていてくれるんだもの」

もうじきそうではなくなる。母もそう覚悟している。

促されてベッドの脇のパイプ椅子に腰をかけた。手を伸ばして父の左手を握った。その腕から伸びたチューブの振動で、点滴が二滴続けて落ちた。

「父さん、僕だよ。俊和だよ。母さんも一緒だよ」

できるだけはっきりした滑舌で話しかけてみたが、反応はなかった。聞こえているなら、返事だけでもして欲しい。そう願ってみたが、声はもうとっくに出ないのだということを思い出した。

最後の心の出口を先に塞がれてしまっている。

意識はあって耳が聞こえていたら、脳に転移しているかもしれないという話も聞こえてしまったな。

さっき満員電車で考えたことがぶり返してきた。

いいんだ。隠すことはない。取り繕うことはない。父も母も自分も、父の命が残り少ないということをちゃんとわかって、それで、三人で大切な時間を過ごせばいいのだ。

あと何時間か知らない。もしかしたらまだ三日くらい生きていてくれるかもしれない。だが、きっと一ヶ月ではないだろう。残された時間を、とにかく素直で温かい気持ちをもって、過ごせばいいのだ。

「父さん、聞こえてるだろう」

返事はなかった。

酸素の音がするばかりだ。

外では救急車のサイレンが病院に近づいていた。

「むりに返事しなくてもいいよ。ただ、話を聞いて欲しいんだ」

手を握ってみても握り返しては来ない。

「さっきね、高橋さんに会ったんだ。知ってるだろう？　うちのお客さん。隣町で文房具屋さんをしている人」

「そう、高橋さんに会ったの」

母が驚いたように言う。

「お父さん、あの高橋さんよ、わかるわよね。お父さんが入院してからも、ずっと来てくださっているのよ」

「高橋さんがね、父さんは腕がいいって言ってたよ。すごいって。それから母さんもだって。両親が褒められて、すごくうれしかったよ」

酸素のマスクが、一呼吸ごとにほんの一瞬曇るのを何度も見た。

もしかしたら父が何かを話そうとするかもしれない。話そうとしても声が出ないけど、脳に転移しているのなら、声帯がないことなんか忘れているかもしれない。

だが、わからなかった。

話そうとしているのか、ただの呼吸なのか、どうしてもわからなかった。

「父さん」

大きな声で呼びかけた。

「安心してくれ、芝山理容室は僕が続ける。母さんと一緒に、僕が続ける」

肩が動いたような気がした。呼吸が大きくなって胸が持ち上がったような気がした。

母が息を飲んでいるのがわかった。

ベッドの反対側で動くものが見えた。

父の右手の指がゆっくりとわずかに曲がりはじめた。薬指は他の指より余計に、そして、小指はほとんど真っ直《まっす》ぐのまま。

「母さん」

今度は向かい側の母に向かって叫んだ。

「シザーだ。父さんの手にシザーをもたしてやってくれ」

母もすぐに父の手の形の意味を理解した。

枕元のシザーを、そっと父の手に触れさせ、薬指をリングに通した。

刃先を一センチほど開いた形で、シザーは父の手に収まった。

血圧計のポンプが動く音がした。

「父さん、シザーだよ。手に持ってるの、シザーだよ。わかる？ 父さん」

壁際のバイタル表示が動いた。空白だった血圧の百の位に「1」が点《とも》っていた。

父の指が刃先を閉じるために力を入れようとしていた。それを母と二人、固唾《かたず》を飲んで見つめた。

だが、刃が閉じることはなかった。

それまでよりも大きく膨らんだ胸がもとにもどるとき、フェイスマスクが一度だけ大きく曇り、それが消えると、そのまま父は動かなくなった。

バイタルサインの数字がすべて揃《そろ》い、アラームが点《つ》いた。

「お父さん」

アラームを突き破る大きな声で母が叫んだ。

「あなた、よかったわね。聞こえたでしょう。俊和がお店を継いでくれるそうよ。もう大丈夫よ。ほんとに、よかったわね」

廊下を走る足音がして、まもなく看護師が駆け込んできた。

シザーを持った父の手を上から握って、母が泣き始めた。

第五話　高架下のタツ子

ノーメイクの二十九歳アラサーはただいま女子力限りなくゼロ、いやむしろマイナスだ。

髪は三日前になんとかシャンプーして乾かしただけ。睡眠不足、運動不足、疲労困憊《こんぱい》。

路上でわたしに出会ってときめく男はまずいないだろう。

ああ。肉体も精神も、すべては仕事のために存在する自分。

どうせバストはお父さん似。体を締めつけるブラは、なければないでほとんど困らない。素肌に着古したTシャツ、その上に、だぶだぶのスウェットシャツと膝の出たお揃《そろ》いのパンツ。しかも色はねずみ色。確かワゴンで税込上下二四九〇円だった。

家を出るのはコンビニに出かけるときだけだ。そのレジでもこの三日は話をした記憶がない。いや、一昨日のおでんの注文の時に、ダイコン、玉子、こんにゃく、と、単語を三つ並べた。

だがしかし！

ついに〆切《しめき》りをクリアした。実用書のイラスト三十点、納品。予定通りだ。えらいぞ自分。いよいよ予定通りデートもできる。

というわけで、直ちにゾンビから人間に戻るルーティンに入った。

バスタブに湯を満たし、入浴剤の発泡する音に耳を傾ける。田舎《いなか》のばあちゃんは入浴剤のことを「入れ歯洗浄剤の大きなヤツ」と言ってたっけ。泡を立てて溶けたあとに薄緑色になる感じが確かに似ている。湯船の中で肩まで体を沈め、目をつむって入れ歯になった自分を想像してみた。でも、入れ歯の気持ちはわからなかった。

壊れた人格が、少しずつ戻ってきている。

デート前の入浴はなんとなく神聖な手続きのようでもあり、体の部分部分をいつもより意識する。今晩、あれはない予定だけど、そこは人間のたしなみとしていろいろと。

一回目のシャンプーの泡立ちの悪さ、二回目のクリーミーな泡の感触。それを確認してルーティンとして楽しみ、首と背中にシャワーを当てながら目をつむって一分か二分、じっと無心になる。

目を開けたときには、心と体が仕事の〆切りモードから抜け出ている。

本当に、別人のように身も心も軽くなった。

浴室を出て、バスタオルで体を包み、美容室で譲ってもらった業務用ヘアドライヤーでたっぷり風を当てれば、ショートヘアはあっという間に乾き、蒸発した水の分だけ、また心が軽くなった。

用済みのバスタオルを丸めて、壁際のカゴに向けてスリーポイント・シュート。見事成功。

ここまで来ると、室内で飼われている犬みたいに、早く外へ出たくてしょうがない。

鏡に向かう前にレディー・ガガをかけた。鏡を見ながらコスメの道具を持ち替える。身のこなしが自然にキビキビしてくる。メイクが終わった頃には背筋が伸びていた。

行ってきまーす。

いざ！　誰もいない部屋を背に、勢いよくドアを閉めて駅に向かった。

ショウちゃんのアトリエは、K町駅から高架に沿って徒歩五分ほどのところにある。

駅には近いが、商店を開くには人通りが少なすぎ、住宅としては鉄道の線路に近すぎる。その分、家賃が格安だったらしい。

近くに芸術学校があったりして、他の格安物件にも多くのアーティストがアトリエを持っているという。

駅の前のコンビニの明かりがやけに明るくて、それで目が眩《くら》んでしまうせいか、そこからアトリエに向かう道は実際よりも寂しく暗く感じられた。

「心が満たされるとだめなんだ。殺伐として孤独を感じるくらいの場所が作品を作るにはいい」

彼はこの場所を選んだ理由をそう言っていた。

自転車置き場を過ぎ、高架の脇の細い道に沿ったいくつかの戸建て住宅とマンションの薄暗いバックヤードを辿《たど》ると、目印のように高架下にぼんやりと明かりに照らされた小さな公園が見えてくる。その前がアトリエだ。廃業した元美容室を安く借りている。

アトリエの前に立つと、ガラス越しに外を向いた一体の人形が明かりに照らされて立っていた。

抱っこ紐《ひも》で赤ん坊を抱いた母親の像。

取り立てて美しくもなく、悪い人のようでもない、当たり前のおかあさん。

この前は背広を着た中年のサラリーマンだった。

パリッとスーツを着こなしていれば、そこがテーラーのウィンドウ・ディスプレイに見えたかもしれない。でも、着古した背広姿は、昼間の新橋《しんばし》を歩いていそうな、昼食代を節約して牛丼で済ませているようなおとうさんだ。

彼の作品は、いつも普通の人をモチーフにしている。でも、じっと見ていると、どこかがふつうではない。

少し疲れたおとうさんは指にギターのピックを挟んでいた。

休みの日にはロックバンドでギターを弾いているのだ。若い頃にはプロのミュージシャンを目指したこともある。背広のポケットの中にいつも忍ばせている小さなピックに、サラリーマン姿の中のもう一人の彼の存在と物語が込められていた。

バッグから部屋の鍵を探す前に、改めて目の前に立っているおかあさんを見た。

あれ、ミサンガ？

赤黒いミサンガ？

いや、ちがう。この人……。

見まちがいではないかと、目を見開いて何度もその場所を見た。

ガラスの中のおかあさんの淡いピンクのカーディガン。だらりと下げた片腕のその袖口からのぞいた白い手首に見える赤黒い筋は、黒い瘢痕《ケロイド》だった。しかも幾筋もついている。リストカットの傷。

この人は、かつて、リストカットを、繰り返していたんだ。

胸が苦しくなった。

息を止めていたことに気づき、口をすぼめて大きな息を吐いた。

「あら、こんばんは」

後ろから声がした。甘ったるい発音の仕方。

ガラスの中のおかあさんが口を開いたのかとも思ったが、声は確かに後ろから聞こえてきた。低い、男のような声。

「ただ者じゃないわよね。この人形を作った人」

「あの……」

公園の照明に中に立つその人は、女性の格好をしていた。

大きめの丸襟のブラウスの上にベージュのカーディガン、膝丈より少し長いスカート、踵《かかと》の低い靴……。でも明らかに男なのだ。

「高岡祥司《たかおかしょうじ》というアーティストなんですって」

ショウのことだ。

「ふつうのオバサンを作品にするなんて変わってるわねって言ったら、そうですかって。その時はあたし、気づかなかったのよ」

「手首の傷痕に、ですか？」

「あとでもう一度ここを通ったときに、じっと見たら、リストカットの痕があるじゃない。すごい、ショック」

たぶん。ショウの作品が賞《ほ》められている。

何かを言おうとしたとき、頭上に電車がやってきた。

轟音《ごうおん》がしばらく頭上を覆った。

やがて会話を遮断する爆音が去っても、出鼻を挫《くじ》かれた言葉はもう出てこなかった。

「もう、上りは空《す》いているのね」

時計は午後十一時を回っていた。

「なんで電車が空いているってわかるんですか」

「重さで音が違うのよ。ガタンガタンとドドドド」

カタカナの音ではなく、できるだけ声色でリアルに音を再現しようとしていた。ドドドドのところでは、両手の拳を腰の高さで握って振動させる身振りがついていた。

「電車に詳しいんですね」

「一日中聞いていれば、誰だってわかるようになるわよ」

「この近くにお住まいなんですね」

答えは、また電車の轟音に掻《か》き消された。

大音量の中に金属の軋《きし》む音が埋もれていると思った。ブレーキだろうか。ドドドが、頭上で、ドド、ド、ド、ゴトンになり、ゴッ……トン、となって止まった。

「この電車、満員みたいですね」

高架の上を指差して言った。この時刻まで、働いて帰る人、酔っ払っている人を満載した電車が上にいる。

「ほら、別に難しくないでしょ」

女装の人のカツラの中が笑顔になっていた。茶髪のショートボブの前髪の下の目が優しそうだ。耳の所にちょっとだけ黒い地毛がのぞいている。

「緊急停止ね。このあたりで止まることはふつうはないのに」

女装の人は、急に何かを思い出したように苦しそうに顔を歪《ゆが》め、それから表情を作り直すようにして緩やかな顔に戻った。

「いつもそういう格好しているんですか」

「女装ってこと？　まあ、そう、かな」

「珍しいですよね。いえ、女装している男性は友だちにもいますけど、そういうタイプは」

「そういう？」

「男の人が女装すると、たいていは、派手というか、セクシーというか、女性よりも女っぽさを強調する人が多いと思うんですけど」

「ああ、時々、言われるわ。あたしは男を誘うような格好は好きじゃないの。女の人だって、いろいろいるでしょう。ケバい人はそんなに多くはなくて、国文科で卒論は『徒然草《つれづれぐさ》』でしたみたいな人とか、シングルマザーで昼はスーパーのレジ打ちをして、夜は食品工場で袋詰めやって子供を育てている人とか」

地味な人を揶揄《やゆ》しているようにも聞こえる言葉だけれど、むしろ、この人は優しいのだろう。何より、この人自身が地味な格好をしているのだし。

「女だからって、四六時中、色気を振りまいていたりしないでしょう、ふつう」

そうだ。そのとおり。女性が全員、女装の男性並みに女を強調する服装をしていたら、世の中、すごいことになる。

さまざまな香水の匂い。どこを向いてもねっとりと交わされている視線。頰にかかった前髪をなでつけるラメの入ったネイルの指。顔のどこよりも黒いマスカラに縁取られた目。鼻筋に立てられたハイライト。本物よりもずっと細くて長い眉。三十デニールのシャイニーなストッキングとアンクレット。

自分で思い浮かべた光景の息苦しさに圧倒されそうになる。

「そんな国に住みたい？」

「遠慮しときます」

息苦しさから軽く息を吐きながら小さく笑ったところで、メールの着信があった。ショウからだ。

「あれ、もしかしたら、上にいるかも」

まず、女装の人に聞こえるように言って、それから返事を返した。

「え？　この上？」

隣の車両から、女性の悲鳴が聞こえてきた。

急にブレーキがかかったのだ。最前部のこっちはそれほど混んでいない。ぎりぎりスマホをいじれるくらい。

スピーカーから低くノイズが流れた、マイクがオンになったらしい。

《みなさま、お急ぎのところ、大変申しわけありません。ただいまお隣のK町駅におきまして、人身事故が起きました関係で、急停車いたしました》

やっぱりね。

よくあることだ。

よくあることだって？

待て、人身事故なのだ。自分が降りる駅、次のK町で、もしかしたら、いま、人が死んだのだ。

前に立つ人の肩越しに、外の景色を見た。線路に沿って流れる川に向こう岸のライトが映っていた。

人身事故なんて日常茶飯事だ。だけど、この電車に乗っている人間の中で、人が死んだと思っている人間がどれほどいるだろう。

電車に乗っているという日常。人身事故という日常。

そういえば、電車という日常のないところに、かつて電車を持ち込んだことがあった。

三年前、瀬戸内海の島で開催されたアートフェスティバルで、「満員電車」というタイトルのインスタレーションを展示した。

その島には鉄道がない。満員電車に乗ったことのある人はほとんどいなかった。制作のために島に滞在《レジデンス》するようになってまもなくの頃だ。

島に車両を運ぶ貨物船が着き、クレーンで降ろす作業を始めると、あっという間に噂《うわさ》を聞きつけた島中の人々が集まってきた。

その日は、鉄道のない島に初めて鉄道車両が持ち込まれた日になったのだ。

それがテレビのローカル・ニュースや地方紙にも取り上げられ、島の村長は大喜びしてくれた。そのおかげで四ヶ月の滞在制作と展示の期間中、野菜も魚も、そして時々は肉も、食材は全部世話になることができた。

海を見下ろす公園に、持ってきたままの鉄道車両を置き、その中を人形で満員にした。それが作品だった。

中にいるのは、背広を着たサラリーマン、学生、酒臭いじいさん、暗い顔をしたOL、貧乏芸人風、女子高生、ヤクザ、胸の大きなキャバクラ嬢、杖《つえ》を持った目の不自由な人、名前を書いた襷《たすき》をかけた立候補者、子供を抱いた母親、派手なメガネをかけて香水の匂いを振りまくマダム、いちゃいちゃしているカップル、ウルトラマン、女装した三十代の男性、顔色の悪い男、……。

それこそ、思いつく限りの種類の人間をその中に詰め込んだ。

ふつうの電車に乗っている、ふつうの人たちは、電車の中で個性を殺して人の形をした物のように、ただ詰め込まれ、運ばれていく。その人々が、別の場所ではみんなそれぞれ、その人らしく別のことをしている。電車の中では誰もが同じような体積を占める「乗客」だ。

作品では、ふだん個性が隠されている場所に、その人らしい姿の人たちを閉じ込めてみた。

作品を見に来た人は、開いた扉から満員電車に乗り込み、乗客と乗客のわずかな隙間をすり抜ける体験をしながら、自分の足で別の扉まで進んで降りる。多くの場所では人形と来場者の体が触れる。それが展示方法だった。

お化け屋敷のように、突然、動き出す人形、叫び出す人形もあった。

女子高生のスカートの下に手を入れると、大きなシャッター音がして、ドアの上の液晶ディスプレイにその人の顔が映し出され、「山花《やまはな》線内で痴漢が逮捕されました」というテレビのローカル・ニュース映像が流れるしかけにしておいた。二ヶ月の展示期間中、ニュースになったのは男性二十八人の他に、女性も二人いた。

キャバ嬢にも同じ仕掛けをしたが、ニュースになった人はいなかった。

いま、動かなくなってしまったこの電車、自分が乗っている本物の電車は、あの「満員電車」より混んでいる。

十両編成の列車に乗っている、おそらく三千人ほどの人間が、さっきの放送で「人身事故」という言葉を聞いたはずだった。

スマホに夢中になる人間、恋人のことを考えている人間、トイレを我慢している人間、仕事のことを考えている人間、飲み過ぎて必死で吐き気を堪《こら》えている人間、目の前に立つ酒臭い男が今にもゲロを吐くのではないかと心配している人間、残業で疲れ果てている人間、イヤフォンから聞こえる音楽に聞き入っている人間、家族が危篤だと聞かされて病院へ急いでいる人間、上司に叱られてくよくよしている人間、そして、停車が長引きそうで思い通りの時間内に行動できないことに、ただただいらだつ人間たち。

「満員電車」を作ったとき、車両にどんな人形を詰め込もうか考えたことを思い出しながら、今本当に無言で同じ列車に乗っている人たちが、さっきまで何処《どこ》で何をしていて、これから何をしようとしているのか、それを考え始めていた。

かれこれ十分以上、止まっている。胸のポケットからスマートフォンを取り出した。

〈また人身事故で電車が止まって動かない。先に着いてたら、鍵を開けて中で待ってて！〉

沙也《さや》に短いメールを送った。徹夜続きの仕事が一段落して、アトリエに来ることになっている。

すぐに返事が来た。

〈早めに出たから、もう着いてる。ゆっくりで大丈夫だよ。高架下のかいだん公園で、ちょっと変わったオジサンと話をしてる〉

アトリエは高架沿いの狭い道に面している。その前の高架下に小さな公園がある。

〈もしかして、真上に止まっている電車に乗ってるの？〉

もう一度、窓の外を見た。見慣れたマンションがあった。沙也の言う通り、アトリエのほとんど真上だ。

〈だったら、すごく近いね。ちょうど真上の車両なら、上下に直線距離で十メートルもないかも〉

すぐ下に沙也がいる。

なんだか楽しい気分になって事故のことは意識から消えた。

「もしかして、あなたショウちゃんのお友達?」

女装の人が言った。この人も高岡祥司をショウちゃんと呼んでいるんだ。

「大学の同級生です」

「恋愛関係?」

「さあ、どう思います?」

「ああ、そう。わかったわ。そういうことね。あなたたち絶対できてる。そうじゃなかったら、ふつう、全力で否定するよね。『違います』とか『そんなんじゃないです』とか言ってさあ。少なくともあなたの方は、恋愛関係であることを望んでるわね」

参ったな。

「じゃあ、そういうことにしておいてください」

「わかりました。平日夜遅く、芸術家のアトリエを訪ねてくる女」

わざとらしくニヤニヤと笑って見せている。名前も知らないうちから、いきなり最大のプライバシーに踏み込まれた。ちょっと気に入らない。

「わたしも彼も、平日とか休日とか関係ない暮らしですから」

「問題はそこじゃないでしょ。まあ、とにかく、お勧め。ショウちゃんはいい男よ」

「もしかして好みのタイプですか？」

「そんなんじゃなくて」

「あ、『そんなんじゃない』って全力で否定しましたね」

「あはは。ルックスとかじゃなくて、人間としてってことよ」

わたしの方がつきあいは長い。そんなことはわかってる。

「あなたも芸術家なんだ」

「いいえ、イラストレーターをしてます」

「絵描きさんってことね。芸術家じゃない」

「芸術家は生き方で、イラストレーターは職業です」

目の前の人は、ふうんと顎を二度上下させた。

「あなたは、えっと、何て呼んだら……」

「沙也です」

目の前の人は、自分をタツ子と名乗った。

「で、沙也ちゃんの生き方は芸術家ではないんだ」

「……ですね。タツ子さんは何をしている人ですか？」

「強いて言うなら女装家」

「それは生き方の方ですね」

「うん。そうかもしれない」

タツ子さんには話が通じる。そう思った。

あなたは何者？　という質問に会社の名前を添えて答える人も結構いる。

でも、コンビニのバイト、ラーメン屋の店員、学校の事務職員、スナックのホステス、みんな色々なことをして食べているけど、たいていのアーティストは、あなたは何をしている人だと聞かれたら、少なくとも心の中で、画家だとか彫刻家だとか美術家だとかアーティストだと答えるだろう。

でも面倒だから、ただ「コンビニで働いてます」「ＯＬです」みたいに答える。

そんなもんだ。聞く方も答える方も、たいていはどうでもいいと思ってる。

タツ子さんはどうやって生活しているんだろう。

そう思ってから気がついた。

やっぱり自分も他人《ひと》を理解するのに職業がわからないと、なんとなく落ち着かない。生き方を短い言葉で述べられても、その人のことをわかったような気がしない。その人に興味を持ってしまうと、職業を確かめずにはいられなくなる。

「お仕事は?」

それから少し時間が空いた。タツ子さんの視線が宙をさまよい始めた。

「坂の途中に空き地があって、そこからなら海が見えたのよ」

タツ子さんは話を始めた。


子供の頃、急な坂を登ったところに住んでいた。

斜面の下の方には鉄道が走っている。江《え》ノ電《でん》の駅があり、その先、道路を隔ててずっと海が広がっている。

陽《ひ》が傾くまで友達と遊んで別れて、憂鬱な気持ちで家に帰る途中、どういう理由か一軒分だけ、草ぼうぼうの空き地のままの場所があった。そこに立つと丘の下に海が見えた。天気のよい日には夕暮れ時の海が金色に光っていた。

光の中をヨットが江ノ島《えしま》に向かって帰っていく。あのヨットにはどんな人が乗っているんだろうといつも思っていたけれど、思っているだけで、確かめる手立てもなかった。

海まですぐのところに住んでいたというのに、小学校に上がった頃から、両親が自分を海に連れて行ってくれることはなくなった。

両親は仲が悪かった。家の中はいつも不機嫌な空気でいっぱいだった。

いくつかある部屋の扉は、音を立てないようにそっと開けられるか、苛立《いらだ》ちを訴えるために勢いよく音を立てて閉められる。

勢いよく扉の閉まる音がした後、あの坂の上にある二階建ての一軒家は、驚くほど静かになる。

しばらくして母のすすり泣く声がするか、父の書斎から交響楽が大音量で聞こえてくる。たいていそのどちらかだった。もしかしたら、母の泣き声はいつもしていて、父の交響楽でそれが掻き消されていたのかもしれない。

海岸まで降りて親子三人で楽しく夏を過ごした記憶はない。

「たっちゃん、海、行こうか」

小学校四年の夏休みの終わる頃、珍しく母が、自分を誘って海に連れ出した。うれしくて、一気に坂を駆け下りたいくらいだった。

浜辺に立つと海岸の夏はほとんど終わっていて、海の家は半分くらい、葦簀《よしず》で入り口を閉ざして店じまいしていた。

開いているうちの一軒、淡いブルーのペンキで彩られた海の家で、母はビーチマットを借りた。一人で店番をしているらしい日に焼けた若い男が、ふてくされた表情で差し出したビーチマットは、ひと夏使い込まれて、タバコの焦げ痕があった。人々の間ではもう夏は終わっていた。このビーチマットはもう来週にはきっとゴミとして捨てられるのだ。

風は強く、波が短い間隔で押し寄せていた。その波打ち際で、カップルが歓声を上げている。どこかの海の家が、東京のFM放送を流していて、首都高速のジャンクションの名前が波の音の間から耳に届いていた。

ビーチマットを敷いた母と私は、小さなアイスボックスから出したコーラを飲んだ。

日差しは弱く、暑くはなかったが、母はすぐにパーカーとショートパンツを脱いで水着になった。

母のビキニ姿を見るのは初めてだった。テレビやポスターで、水着姿の若い女性の姿を見ていた。母が同じような姿になることなど想像したことがなかった。スレンダーな体格にその小さな水着はよく似合っていると思った。

浜辺を歩いている人たちは、波の音に負けないように大きな声で会話して通り過ぎていく。

稲村ヶ崎の方角からやってきた三人連れの若い男たちが、母を目にとめて一瞬会話を中断し、目の前を通り過ぎてから、ちらりと振り返ってもう一度母を見ていった。

「アイス、食べようか」

「うん」

風が強くて少し寒い。アイスクリームを食べるのにふさわしい日ではなかった。もう夏なんかではないのだ。けれど、夏休みに家族で海水浴に行って、コーラを飲んでアイスクリームを食べる、という儀式には憧れがあった。絵日記に海水浴のことが書けないのが寂しかった。両親にもそう言ったことがあった。

「じゃあ、ちょっと待ってて」

立ち上がって、さっきビーチマットを借りた海の家に向かう母の後ろ姿を見送った。

風に逆らうようにカモメが低空を通過していった。その先の空高くにトンビがいた。

自分も空を飛べたらいいのに。そう思ってみて、子供にしてもあまりにも子供じみた考えだと自分を恥じた。

ぼんやりとトンビの飛行を見上げたまま、ずいぶんと長い時間が経《た》ったような気がしたのに、アイスクリームを買いに行った母はいつまでも帰ってこなかった。

振り返ると、母はまだ海の家にいた。

店の男と楽しそうに会話をしている。時々、水着姿の体をくねらせながら大きく笑っていた。楽しそうな母を見るのは久しぶりだった。いつだか思い出せない古い記憶の中にある母の笑顔。いまは家では決して見せることがない笑顔。

私が見ていることに気づいた母は、あっと思い出したようにいつもの暗い顔に戻った。

海の家の男は、そこでやっと下を向いて作業を始め、茶色いコーンにピンクのアイスクリームを盛りつけ始めた。

「たっちゃん、ごめんね。お待ちどおさま」

小走りでもどって来た母は、そういいながらストロベリー・アイスクリームを差し出した。

トンビはいつの間にかいなくなっている。

母とわたしはふたり体育座りをして、海を見ながらアイスクリームを食べた。

ぬるい風が強く吹き付けるせいで、アイスクリームは手の中でみるみる溶けていく。慌てて嘗《な》めとるのがついに間に合わなくなり、砂にぼとぼとと染みができた。

母は舌を巧みに使ってコーンの周りを嘗め、アイスクリームを一滴も砂に落とすことはなかった。

「寒くなってきたね」

もう帰りたいという代わりにそう言った。

「ほら、少し陽が射《さ》してきたじゃない」

母は沖を指差した。遅い午後の太陽が雲の切れ間から顔を出し、海を照らしていた。

そこでも、光の中を風を受けたヨットが江ノ島の方へ向かって動いていた。坂の上の空き地から見るよりも、大きくて速かった。自分の耳に当たる風があることで、その時初めて、本当にヨットは風で走るのだと信じることができた。

　まもなく雲の切れ間が移動して、自分の肩にも陽が当たるようになると、ぽっと小さな火が点《とも》ったように肩がチリチリした。きっと光は細かい粒なのだ。それが束になって肩に当たっているのだ。

　陽の当たった母の横顔はきれいだったが、どこか寂しげだった。光を受けて輝く髪が風に揺れ、時々、頬にかかり、それを気にして撫《な》でつけるその指の爪が、よく手入れされて艶やかな薄桃色をしていた。

「風、ずいぶん強くなったわね」

　髪がかき乱されるのを嫌ったのか、母はポーチから鼈甲《べっこう》色のバレッタを取り出し、髪を後ろで纏《まと》めて留めた。

　その時、水着の肩紐《ストラップ》がわずかにずれて見えていた。

　そこにかすかな日焼け痕《あと》があった。

　日に焼けているとはとうてい思えないほど、母の肌は白かったのだが、肩紐に隠れていた肌は、ちょうど肩紐の幅だけ、青白く感じられるほど、さらに白かった。

　家族で海にもプールにも出かけたことはなかった。母が誰かと泳ぎに行ったという話を聞いたこともなかった。（その頃の私は、海水浴やプールというのは子供が

楽しむために行くものだと思っていた）

とにかくこの夏、家族の知らない日に、家族の知らない場所で、母は同じ水着を着た。

「寒くないの？　何か着ればいいのに」

少し肩に力が入っているように見えたので、意地悪な気持ちを込めて言った。無理に肌を見せようとしているような気がしたからだ。

「大丈夫。せっかく久しぶりに海に降りて来たんだもの。もったいないじゃない」

久しぶりじゃない。この人は、つい最近、どこかで水着になって太陽を浴びたんだ。

ビーチマットに座っていても全然楽しくなかった。

海に入ることにして、Tシャツを脱いで立ち上がった。

「危ないから遠くへ行っちゃだめよ」

何も答えず、波打ち際まで走った。

砂は水を含んだところで急に固くなり、足の裏で大地を摑《つか》んでいるという実感が湧いた。足下で泡が弾《はじ》けていた。時々、大きめの波が来て、膝まで水が押し寄せて来ると、足を取られそうになる。波が引くと、足の裏の砂が運び出されて、足場が頼りなくなる。

波と戯れるのは、座っているよりもずっと愉快だった。

崩れた波に向かって、先に自分から頭を突っ込み、波が通り過ぎたところで顔を上げる。それを何回か繰り返したところで、足が砂を摑まなくなった。

うれしかったが、すぐに恐《こわ》くなった。引き返そう。海は大きすぎる。戦う相手じゃない。

浜に向かって腰の深さになったと思ったところで泳ぐのを止《や》めて立った。

母のいる方を見ると、男性が二人来て何か話をしていた。

途中で気づくように、できるだけゆっくり近寄っていったが、母はずっと夢中で話をしていた。

「なんだ。コブ付きか」

いつのまにか立っていた自分を見つけて、男たちは去って行った。

「失礼しちゃう」

言葉と裏腹に、母は少しも怒っているようではなく、むしろうれしそうだった。

太陽は更に傾き、世界が金色になっていた。

「そろそろ帰ろうか」

「そうだよね。これじゃあ、もう日焼けもしないしね」

表情をうかがったが、母は自分の言葉を意に介さなかった。

「今日の絵日記は海水浴で決まりね」

夏休みの日記に海水浴のことを書けないと不平を言ったことを、母は覚えていたのだろうか。それで、母は自分を浜へ連れて来たのだろうか。

家に帰ってシャワーを浴びた。自分の体に微《かす》かについた新しい日焼けの痕を見て、母のずれた肩紐を思い出した。

夕食はそうめんだった。父は焼き茄子《なす》をうまいと言った。子供にとっては焼き茄子などどこが美味《おい》しいのかわからない。

「それほど長い時間、陽に当たっていたわけじゃないのに、こんなに日焼けしちゃったわ」

母はサマーニットの襟ぐりを広げて、わざわざ父に水着の跡を見せていた。

「ここに家を建てて引っ越して来た頃は、よく海へ行ったな」

父は遠い昔を語るような口調でそう言った。

「海が近いから、ここにしたのに」

「あの頃は楽しかったな」

ちっとも楽しそうな顔ではなかった。

「そうね」

母は席を立ってテーブルの食器を片付け始めた。

「お母さんは秘密を持っていたんですね」

わたしの言葉にタツ子さんはゆっくり肯《うなず》いた。

瞳が細かく動いていた。今にも言葉を発しそうに口角が何度か動いた。

「三ヶ月後、学校から帰ったら、いつもいる母が家にいなかったの。それから二度と戻ってこなかった。

余計なことをいう近所の人がいてね。江ノ島で何度かヨットに乗せてもらってたと聞いたわって。母が外でつきあっていた相手のことを誰かに言うはずがないと思ったんだけど、そういう噂《うわさ》が本当にあったのかな。それとも母のことを好きではない人が、ありもしないことを吹聴《ふいちょう》していたのかもしれない。

真実がどうであろうと、言われてしまうとすごく気になるわよね。

学校が終わって、誰もいない家へ帰る途中、空き地の前を通ると海にヨットが見えることが多くて、それ以来、そこで母のことを考えてしまうわけ。

江ノ島まで歩いてみた。子供の足でも片道四十分くらいで行ける。ヨットハーバーはすぐわかったけど、たくさんヨットがありすぎてただ呆然《ぼうぜん》と見てただけ。意を決して女の人がいそうな船の近くまで行ってみた。もしかしたら母が見つかるかもしれないと思ってたんだよね。

でも、一時間くらいいる間に、一人だけ遠目に母に似た人を見かけたら、すごくどきどきしちゃってさ。それが母だったらどうしよう。男の人がいたらどうしようって。探しに行っているのに、いたらどうしよう、いて欲しくないって、そう思っているわけなんだ。

父はね、もともと無口な人だったけど、塞ぎ込んでしまって、ますます口をきかなくなってた。

そうかと思うと、子供を慰めなくちゃと思うらしくて、急に明るく振る舞って冗談を連発したりしてね。不器用な人だから、子供の喜ぶものがどんなものかわかっていないんだよね。子育ては母親に任せっぱなしだったし。ケーキじゃなくて寿司《すし》折《おり》を子供の土産《みやげ》に提げて帰ってくるような感じ。お寿司は好きだけどさ。

一月くらい経ったかな。急に寒くなった頃、家に帰ると、会社に行かないで酒を飲んでいる父がいた。

それからだんだん荒れるようになった。会社にもあまり行かなくなってた。

無気力でぼんやりしていると思うと、急に怒り出して息子を殴るのよ。なんで殴られるのか、理由がわからない。とにかくすごく恐《こわ》かった。

何度か、家出をしてみたけど、その度に行くところもないし、お腹《なか》が減ってどうしようもなくて帰ってきた。

意気地なしよね。お腹が減って帰るんじゃ、まるで子供じゃない。確かに子供だったんだけどさ。

どこかで食べ物をかっぱらうとか、誰かに上手にすがるとか、ごみ箱を漁《あさ》るとか、私には、そういう逞《たくま》しさがまったくなかったんだな。

海の見える空き地の草が刈られて、新しい家が建って、ヨットも江ノ島も見えなくなって……。

少しずつ、母親のいない生活に慣れ始めていたんだけど……」

急に言い淀《よど》んだ。辛《つら》いことを思い出しているみたいだ。

少しの沈黙の後、俯《うつむ》いて苦しそうだったタツ子さんが、視界の中に何かを見つけたようだった。

「お待ちかねよ」

タツ子さんが少し顎を上げた視線の方向に振り返ると、ショウが歩いていた。

ほっとして、思わず笑みがこぼれる。

わたしが振り返ったのに気づいて、彼も「やあ」と軽く手を挙げて笑った。

「参ったよ。電車、全然動かないんだもの。待たせてごめん」

「大丈夫、タツ子さんの話を聞いていたから」

「ああ、今日はタツ子さんなんだね」

「そうなのよ」

苦しそうだったタツ子さんが、憑《つ》き物《もの》が落ちたように柔らかな顔に戻っていた。

「今日は？　いつもは違うの？」

「ああ、この人、本名は龍三《りゅうぞう》っていうんだ。ドラゴンの龍に、数字の三。女装の時は名前の一文字をとって芸名・タツ子。ふつうだったら、もっと色気のある名前にするのにね」

そういえば男を誘うようなのは嫌だとタツ子さんは言っていた。

「なんだか、お邪魔みたいだから、わたしは失礼するわ」

「なにその言い方。タツ子さん、電車まだあるんですか？」

「わたしはすぐ近くだからどうかご心配なく」

止める間もなく、タツ子さんは「じゃあまたね」と手を振って、駅の方に歩き始めた。

《終電の神様、わたしが乗れば、それが終電
どんな電車も、それで最後の最終電車
終電の神様、わたしが乗れば、それが終点
それが人生、先には行けない行き止まり》

聞いたことのない不吉な感じの歌を高架下に響かせながら、タツ子さんは遠ざかっていく。

わざと早歩きしているぞという感じで、両手を大きく振っていた。元気な足取りというよりは、元気なふりをしているという感じ。

「へんな歌」

タツ子さんの姿が暗い路地に消えるのを待って、ショウに話しかけた。

「ねえ。すごい話を聞いちゃった」

ショウにタツ子さんから聞いた少年時代の話をかいつまんで話した。

話をしている間、ショウはしんみりとそれを聞いていた。

「龍三さんってさ、鎌倉《かまくら》の結構いい家《うち》で生まれたみたいだけど、今はそこの川沿いの簡易宿泊所に住んでいるんだ。どうして、この土地に住んでいるのかって聞いたことがあって、そしたら、『職場が近かったからなんとなく』って言うんだ。どんな仕事だったんですかって聞いたら、何て言ったと思う？　ストリップだって」

「まさか、タツ子さんが脱いでいたわけじゃないよね」

「僕も同じ事を訊《き》いた。まさか違いますよねって。もちろん違った」

　下りの電車が頭上を通って、わたしたちの会話は中断された。ゴトンゴトンと重そうな音だった。この時間なら最終電車だろう。この時刻までたくさんの人が、働いたり、勉強したり、デートしたり、酔っ払ったりして、すし詰めの最終電車に乗っている。

「二年前まで、川の向こう側にストリップ劇場があったんだ。取り壊されて今はない。ストリップ劇場って、踊り子さんが踊る合間に、コントが入るんだって。そこでコントの台本を書いていたんだって。その前はコントをやる方、つまり芸人だったらしいんだ。『べるさいゆ』という女装のコンビで、タツ子さんの芸名は、べるさいゆ・タツ子、相方の方が、べるさいゆ・リツ子。結構人気があって、演芸ホールとかテレビにも出ていたらしい。さっきの歌はその頃の寸劇《コント》のテーマソングなんだって」

「それなのになんでストリップなの」

「相方が覚醒剤で捕まったらしいんだ。それでまったく仕事がなくなったんだって。でも、あんたの台本は面白いからって、事務所から若手芸人たちのために台本を書いてくれって言われて、そこからコント作家になった。名前を聞いたら、有名になっている芸人も何人かいた。龍三さんの台本のおかげで人気者になった人がたくさんいるらしい」

「ふうん」

話を聞きながら、タツ子さんは人を見る目が優しい人だとは感じていた。そういう仕事でも才能のある人だったんだ。

「連絡が取れなくなっていた相方の名前を四年ほどして新聞で見たそうだ。覚醒剤の再犯で執行猶予なしの懲役刑になったという記事でね。悲しくて、いや、情けなくてって言ってたな。どうしてそうなんだって、首根っこ摑《つか》んで殴ってやりたかったって」

「落ち込んで、精神が不安定になって台本が書けなくなってた。いや、書いてはいたのだけど、ウケないの。どうしてウケないのか、どうしたらウケるのか、それがわからなくなってしまってね。まもなく事務所をクビになった。それで、ストリップ劇場に流れたわけだ。

ストリップって、女の裸を見に来るところだろ？　どうせ、コントなんか添え物で、だれも笑いたくて来ちゃいない。そう思ったら気が楽になった。つまり破れかぶれだ。

テレビや演芸ホールと違って、あれしちゃいけない、これしちゃいけないという制約もない。エロでもグロでも政治家の悪口でもなんでもありでのびのび書けるんだ。

いったい、今まではなんだったんだろう。自由でいたつもりだったけど、どんだけ自分を縛っていたんだろうってわかった。

そしたら、水を得た魚っていうのか、自分でも面白い台本が書けるようになっていた。

その代わり、まったく陽は当たらない。テレビで話題になることもないし、公演が終わった後、楽屋口に大勢のファンが行列して待っているなんてこともない。

目的はストリップ。裸を見に来ている。

でもさ。見たくて見に来たんじゃない客にコントを見せて、大笑いさせるってさ、快感なんだよ。してやったりって感じがする。

泣ける映画見に来る客は、最初から泣きたいだろ。アクション映画だったら、主人公と一緒に危険な目に遭いながら最後は敵をやっつける、そういう快感を求めて来るわけじゃないか。

どういうわけだか知らないけど、ストリップに来る客ってのは、あんまり幸せそうなやつは来ないんだ。

どっちかっていうと人生が楽しくない、このまま働いていても、大して稼げやしない、それで一攫千金《いっかくせんきん》を狙って競馬やったけど、明日の食費まですっちゃった、とかさ。年金が振り込まれるまであと三日になったから、今月は少し余裕があって、だからストリップでも行こうかとか、よくてせいぜいそんな感じ。エンターテインメントを楽しみに来ているはずなのに、なんとなく眉間に皺《しわ》が寄って、不機嫌な感じの人が多いわけ。

年収三千万で、自由な金があって、そうだ、先週は隠れ家フレンチ・レストランだったけど、気分を変えて今日はストリップでも行こうか、なんてのはないわけ。

百均のマグカップでネスカフェ飲んでる人は来るけど、ウェッジウッドのカップで、フォートナム・アンド・メイソンのダージリンティーを飲むようなヤツは来ない。

客の目的はエロだよ。

もうさ、男が舞台に出て来るだけでジャマだろ。早く引っ込め、女出せ、て、そういう感じさね。

なのにさ。

なのにさ。

なのにさ。笑っちゃうんだ。あいつら、おれのネタで笑うんだ。

眉間の皺が消えて、心の底から笑うんだ。見てると別人みたいだよ。ストリップなんて遠くで見てもしょうがない。ようするに小劇場だ。ふだん入っても三十人かそこらだ。舞台から見ていると全員の顔がわかる。それがさ、おれが書いたコントで、ほんとに一人残らず、楽しそうな顔になるんだ。

それに気づいたとき、おれ、この仕事やってよかったって思った。これこそおれがやりたかったことだ。そう思った。ずっと続けたいと思った」

そこまで話したところで、龍三さんはタバコに火をつけた。これから辛い話になるという予告なのだと、なんとなく理解した。

肺の中に煙を行き渡らせようとするようにゆっくりと吸い、ゆっくりと吐いた。

「こともあろうに、そこへ刑務所に入ってたはずのリツ子が現れた。

昼の部が終わって、夜の部になる少し前だった。どうやっておれを探し出したんだろう。ふらっと劇場にやってきた。

驚いたさ。自分で連絡先も教えず消えていなくなって、それで、突然、目の間に現れたんだ。バカヤロウだよな。

出所したてだって。

髪の毛がやたら短くってね。年取ったと思った。痩せたなと思った。

何度も頭を下げるんだ。いろいろ謝って、それで頼みがあるって。

覚醒剤に手を染めた理由とか、嫁さんがどうだとか、世話になった人の紹介で断れなかったとか、そんなことをさんざん言ってたと思う。

おれは、ほとんど聞いてなかった。最初から話を聞く気なんてなかった。ずっと追い返す言葉を探してた。どこのタイミングで何て言ってやろうって、そればっかり考えてた。

いろいろひどい目にもあって、一人で生きて、生き続けて、やっと、自分の居場所はここだというところに辿り着いたんだ。

話、聞いちゃったら、ほら、情にほだされちまうかもしれないだろ。冗談じゃないよ。そんなことになったら困る。おれはいま幸せなんだ。今やってることがおれの天職なんだって、思えるようになったんだ。

相方であろうと、誰であろうと、もう誰にも人生を変えられたくなかった。やつは、もう一度コンビを組んで一緒にコントをやりたいと言った。

そんなことだろうと思ってた。

やつとは、何も話さなかった。あいつが一方的にしゃべっていただけだ。おれは聞いてなかった。そして、おれのことも話さなかった。いまさらわかり合いたくない。わかり合ったら、迷いが出るかもしれない。

さんざん、ふらふらして、今、ここにいるんだ。

『帰れ。もう二度と来るな』

言ったのはそれだけだ。

『なんでだよ、リュウちゃん』

じっとこっちを見て、あいつはそう言ったけど、おれは何も言わなかった。

『帰れ』

それだけだ」

話を聞きながら、胸の奥に砂袋を入れられたような気持ちだった。

「辛いね」

「うん。辛い」

ショウは何度か首を振った。もう電車は通らない。高架下はずっと静かだった。

「そういえば、わたし、タツ子さんにお仕事は何ですかって聞いたんだった。そしたら、ちっとも仕事の話にならなくて、ずっと、子供の頃からの身の上話になってた」

「僕がストリップ小屋のコントの話を聞いたときも、子供の頃の話からだった」

「そうなんだね。もしかしたら、天職に巡り合うまでの、生き方と仕事とが重なるまでの話を、全部話してくれようとしたんだね」

「ねえ、コンビの相方さんの方はそれからどうしたの？ タツ子さんに追い返されたあと、誰か別の人と組めたの？」

「相方のべるさいゆ・リツ子さんは、龍三さんに追い返された直後、そこの駅で通過する急行に飛び込んだ」

「え……何それ。そこの駅って、K町駅のこと？」

そんな……。

心臓が苦しくなった。喉が詰まってうまく息ができない。目の前のショウは、こめかみをピクピクさせていた。

「身近な人に二度も死なれたんじゃ、生きているのがいやになるよな」

二度？　死なれた？

「二度って何……、二度って、どういうことよ、ねえ」

ショウに向かって食ってかかるみたいになっていた。

「そうか。まだ聞いてなかったのか」

「聞いてないって、どういうことよ」

「龍三さん、鎌倉の家の後、ずっと施設に入れられてたんだ」

「施設？」

「養護施設。お父さんが江ノ電の駅で飛び込み自殺して、一人になっちゃって」

ちょっと待ってよ。そんなの聞いてないよ。

「なにそれ。やめてよ。なんで、なんでみんな死ぬのよ。冗談じゃないわよ。勘弁してよ」

両手の拳を握っていた。

何かを叩《たた》きたいのに何もなくて、ただ握りしめた拳を何度も震わせた。

「だから人を笑わせたかったんだって。笑顔のない家で育ったから、笑った顔を見るのが好きだったんだって。だから、施設を出て、お笑いの門を叩いたんだって」

高架下は静かだった。

頭蓋骨の隙間に静けさが刺さってくるようだった。

今こそ電車が来て、耳を塞ぐような轟音で、脳味噌《のうみそ》をぐちゃぐちゃに掻《か》き回して欲しかった。

なんで、こういうときに電車が通らないいんだ。

そう願っても朝まで電車は走らない。

「あのさあ、人身事故って、ほんとにしょっちゅうあるよな」

「そうだね」

「なあ、沙也」

小さな声でショウがわたしの名前を呼んだ。

「なに?」

「お前、先に死ぬなよ」

「えっ？　ちょっと。なあにそれ。
とんでもないわがままだよ。
それ、こっちのセリフだよ。ふざけないでよ。
いい？　覚えてなさいよ。ぜーったい、先に死んでやるからね」
握りしめた拳で、本気で殴りかかってやった。
「サンドバッグにしてやる」
やめろ。やめろって。こら、やめろ。やーめーろっ。近所の人が起きてくるだろ。
高架下にショウの声がこだました。
誰も通らない街路灯の下で、野良猫がじっとこっちを見ていた。

第六話　赤い絵の具

「お前、友だちいないだろ」

富田弘道《とみたひろみち》はわざわざわたしの前まで来て、それだけ言って去って行った。いつも教室の後ろで屯《たむろ》している男子のグループの一員。パシリだ。

彼らにとって、友だちがいないことは、何かしら劣っているということなのだ。

「別に友だちなんかいらないけど」

最初は言い返した。その後も多分二回くらい。

負け惜しみを言っている。負け惜しみなんかじゃない。そんな子供じみた言い合いがすぐに嫌になった。高校生にもなって。くだらない。

そもそもクラスの中で誰ひとりとして、わたしが友だちになりたいと思う人間などいなかった。話をしても楽しくならないだろう。放課後一緒に帰ったり、わざわざ誘い合って休みの日にどこかへ行こうという気持ちにももちろんなれない。友だちになるより、友だちでいない方が心安らかな人間しかいない。どうして友だちが欲しいと思わなくてはいけないのだ。

誰も彼も学校にいる間中、必死で友だちであることを確かめ合い、帰宅してからも四六時中ケータイで友人関係を維持していることが最重要課題なのだ。きっと。だから、友だちがいなくても平気な顔をしているわたしのことが、猛烈に気に入らなかったのだと思う。

少なくともあなたたちはわたしの友だちじゃない。わたしのことを友だちだと思わないのなら、わざわざわたしを構わなくたっていいのに。

昼休みにはよく、階段の踊り場から校庭を見下ろしていた。

幼い頃、砂場でアリの群を観察した時のように、点々と集団で動くものを見ていると飽きることがない。

弁当の中身を見せ合うのなんてまっぴらだし、アイドルの名前も知らない。あの子たちと話したくなるような話題がまったく思いつかなかった。

一人で静かに自作の弁当を食べ、階段の所まで行って、踊り場から外を見るのが一番楽しい。

わざと聞こえるようなヒソヒソ声がした。

お弁当のおかず、またウィンナ・ソーセージだったよ。月曜日から三日連続で同じおかず。きっと魚肉とデンプンの入った一番安いやつよね。

あはは。ははは。ははは。

子音が強調されたヒソヒソ声の最後が、思いっきり母音の強い笑い声になった。

面倒くさい友人関係を避けることで、時折、別の面倒が襲ってきた。

筆箱を隠された。授業中に小さく刻んだ消しゴムが飛んできた。上履きを隠されて、一人、裸足《はだし》で授業を受けた。

騒ぎもせず、平然としているわたしを、気が弱い女だと思ったのか、一旦、悪戯《いたずら》はエスカレートした。それでも、わたしは彼らに対して抗議をしなかった。

その代わり、下駄箱《げたばこ》にゴムでできたゴキブリを数匹入れておき、蓋を開けると飛び出すようにしておいた。それで悪戯を返り討ちにして以来、同級生たちの悪事は止《や》んだ。

担任の教師に報告のようなことをしたのは、上履き事件の時だけで、わたしが廊下を裸足で歩いているのを見つけてどうしたのかと聞かれたから、悪戯されて上履きがないのだと答えた。その時の犯人が富田だということも分かっていた。心当たりを聞かれたから、躊躇《ちゅうちょ》なく彼の名前も言った。

学校にいることがすごく辛《つら》いということもなかった。楽しくはなかったし、どちらかといえば馬鹿馬鹿しいと思っていた。

授業中はたいていノートに絵を描いていた。そのためにいつもノートは二冊開いている。授業など聞かなくても、テストでそこそこの点を取る自信はある。つまるところ、授業中の先生の話は教科書に書いてあるのだ。

近くに財閥の誰かの屋敷だったとかいう大きな公園があり、天気のいい日にはそこへ出かけて絵を描くことにした。

公園の門前に宇宙堂という名の画材屋があった。鹿せんべいが売られていれば人は鹿に餌をやるようになる。公園のそばでスケッチブックや絵の具が売られていたら絵を描くようになるのだろうか。立派な道具を抱えたたくさんの老人たちが思い思いの場所で、自前の椅子とイーゼルを開いて絵を描いていた。

どういう理由か、老人たちは揃《そろ》ってポケットのたくさんあるベストを着ている。BS放送で、このサプリメントを一ヶ月飲んだら痛みが取れて杖《つえ》なしで歩けるようになりましたと微笑《ほほえ》む「利用者の声」を演じる壮年の役者さんが着ているやつ。胸のあたりに「個人の感想です」と小さい字で書いてある。

あの人たちは木立の向こうに高層ビルがある絵を好んで描いていた。

わたしも始めは公園の風景を描いた。

老人の一人が、わたしの絵を覗《のぞ》き込んで、盛んに誉《ほ》めるようになると、風景画に飽きて、目の前にないものを空想で描くようになった。何人かが通りすがりにスケッチブックを覗いて首を傾《かし》げて行く。

新しい発見もあった。

淀《よど》んだ色のパステルを買って、その色だけで世界を描くと、どんどんメランコリックな気分になる。ああ、このまま死んでしまってもいいかもなんて考え始めるのだ。

それに気づいた時、わたしの悪戯心は実験を始めた。

暗い絵を描くことで自分の心をどんどん暗くしていき、次には暗くなった自分の心がどんな絵を描くのか。心から絵へ、絵から心へ、次々にフィードバックをかけていく。自分の精神と肉体を使ってそれを試してみようと思った。

まもなく、絵を描くことで、かなり自分の感情をコントロールできることが分かってきた。

楽しい絵を描けば楽しくなれる。悲しい絵を描けば悲しくなれる。そして怒りを込めると今にも爆発しそうな怒りが湧いた。

心の端をつんと押してやることで楽しくなると、心はどんどん昂揚《こうよう》していく。それまで描いたことのなかったような絵が描ける。悲しく苦しくなろうと思いながらそういう絵を描くと、やり場のない不安と悲しみが自分を圧倒してきて、どろどろと暗くて形のない抽象的な図形が画用紙に現れて来た。

驚きだった。

自分であって自分でない自分。知らなかった自分が心の中に現れ、それが絵という形のあるものになる。まるで魔法が使えるようになったみたい。最強の魂だ。胸の奥に行進曲が鳴り響いて、拳を空に向かって突き上げたくなるくらい。

絵で作られた魂を抱えて教室に入ると、何事にもまったく動じない、超然とした自分でいられることに気づいた。

その頃にはクラスの誰もわたしに近寄ってこなくなっていた。

あいかわらず、絵を描く誘惑に逆らえなかった。絵を描いている時のわたしは最強だ。何も怖くない。麻薬とか覚醒剤とか、そういうものもしかしたらそんな感じなのだろうか。

「あんた、学校で何したの？」

ある日、帰宅すると母がわたしの帰りを待ちかまえていた。

「担任の重山《しげやま》先生から、学校に来てくれないかって電話があったんだけど」

母親が学校に呼び出されたというわけだ。緊急の三者面談だった。

「嵯峨野《さがの》さん、あなた、イジメに遭っているのではないですか」

面談で担任の言葉を聞いた時の母の驚いた顔は忘れない。

もちろん母はわたしが授業をサボって授業に出ていないことなどまったく知らなかった。担任は担任で学校に来ないのはわたしがクラスでイジメに遭っているからだろうと決めつけていた。

上履き事件があったりしたから、担任がそう考えるのは自然なことだとは思うけれど、心配してくれるなら伝えたその時にして欲しい。

わたしはもうだれにも苛《いじ》められてなんかいないのだ。

「そんなに簡単にイジメがなくなったりするわけがない。隠さないできちんと話してください」

わたしを被害者にしたがる、なんという無益な押し問答だっただろう。

「いいえ。イジメられてなんかいません」

三度、きっぱりと否定した。

「今、ここでイジメがあると言ってくれないと君を助けられないんだ」

あなたに助けて欲しいなんて思っていない、という言葉を飲み込んで下を向いていた。

「復讐《ふくしゅう》が怖くてそう言っているんじゃないのか」

「わたしをイジメても面白くないんですきっと」

怖いものなんかない。そんな言葉も口にはしなかった。

母はうろたえていた。

「とにかく、このままでは出席日数が足りなくなって、三年生に進級できませんよ」

担任にそう言われて、少なくとも出席日数が足りるように休もうと決心した。

美大に行きたいと思い始めていたから、卒業できないのは困る。

夏休みが近づく頃、水彩絵の具を使い始めた。

一時間目は必ず出席した。とにかく学校に行って、美術部の部室に置いた絵の道具を手にする必要があった。

あとは、科目ごとの欠席日数を勘定しながら、気分で学校を抜け出した。公園で絵を描き、道具を片付けに学校に戻る。早めに戻った日には六時間目の授業を受け、でなければ部活の時間に大手を振って部室に出入りしたり。

夏休みには予備校に通い、ひたすらデッサンを習った。

単調な夏休みが終わる頃、八月二十五日、たぶん月曜日だった。一人で人気《ひとけ》のなくなった海水浴場に行った。浜辺には、スタイルのよいビキニ姿の女性と、その横でつまらなそうにアイスクリームを食べている小さな男の子しかいなかった。

真っ黒に日焼けした店員のいるヒマそうな海の家。太陽のせいなのか、わざわざ脱色しているのか、あご髭《ひげ》まで赤茶けたその男の視線をチラチラ感じながら、海の家の白い椅子に座って氷が溶けて段々と薄くなっていくアイスコーヒーの絵を何枚も描いた。

全部の氷が溶けてしまうと、つまらなくなって波打ち際に出た。

太陽の光の中に立つと自分の脚は妙に生白く、八月終わりの海に似合わなかった。

九月は、あまり学校をサボらなかった。だからといってあいかわらず友だちはいなかったし、クラスであまり話をすることもなかった。

「美大を受験するようなやつはやっぱり変わってる」

そう言われるようになると、心なしか自分に注がれる視線は柔らかくなっていた。わたしが他のみんなと違うのを、多分、あの人たちはそういう言葉を使って理解したのだ。分かりやすい分類法を見つけて、頭の中に異質な人間を受け入れる場所を作った。「得体の知れない存在」だった嵯峨野仁美《ひとみ》が「美大を受験するようなやつ」という札をつけられた「ありがちな人間」になったのだ。

遅刻もせず、一時間目の始まる前にちゃんと席に着き、昼休みには屋上か階段の踊り場か、でなければ校庭の隅の木立の下のベンチで本を読む。

放課後には、週に二度、美大受験予備校に行く。

他の日は下校放送が流れるまで、美術部の部室でそこいらにある物をかたっぱしからデッサンする。

でなければ学校内を歩き回った。

階段の手摺《てす》りの金具、運動部の部室の横に打ち棄《す》てられた運動靴、踏み潰されてくの字になったペットボトル、話し込んでいる女子生徒の後ろ姿、バレーボールを入れるバッグ、黒板消し、ポケットに手を入れて立つ男子、校庭の隅でバットを片づける補欠の野球部員、立ち止まってはそれらをクロッキーした。まるでカメラでスナップして回るみたいに。

授業をサボらない代わりに、絵を描きたいという欲望のはけ口をそこに求めていたのかもしれない。よりいっそう、むさぼるように周りの物体や人物を描き散らかした。

吐き出していないと堪えられない何かがあった。どれだけ吐き出したら中身が涸《か》れるのか。吐き出し続けなければならない苦しさ。そして、吐き出す物がなくなってしまうことへの不安。そんなものが、日によって時間によって、押し寄せては引いていった。

十月になって間もなくのことだ。急にまた学校を抜け出したくなった。

長い間、サボる誘惑は消えていたのに、その日は道具をもって、昼休みになると同時に校門を飛び出し、まっしぐらに公園に向かったのだ。

草の匂い、木の匂い、腐り始めた落ち葉の匂い、とにかく植物の匂いが満ちていた。

こういうのを渇望していたんだ。森の湿った空気の中で思った。

学校は、土の色とコンクリートの色。そして下駄箱の匂い。

空は雲に覆われていた。

夏の間に大きく茂った広葉樹の葉が黄葉を前に色濃くなっている。見わたす限り、トーンの違う緑で覆われていた。緑だけで無限の数の色があるように見えた。

木陰に場所を取って芝生《しばふ》に座り込んだ。

濃い緑が欲しい。絵の具のチューブを取って水彩用のパレットに溶く。ほんの少し黒を足した。白いパレットの窪《くぼ》みに深蒸しの茶葉のような不透明な緑色の溜《た》まりができた。

深呼吸してから、筆をパレットに浸した。引き上げると溜まりに小さな泡ができた。

画用紙に水平の線を引き、その上に、木立の輪郭を描く。

くすんだ濃い緑の絵の具だけを使って、水墨画のように地面に立つ木々を高速で描いていった。

ふうと息を吐いて、絵筆を置いた。

静かに呼吸をすると、森の匂いの中に微《かす》かに絵の具の匂いがした。

次は輪郭だけの絵の、木のディテールをベタに塗りつぶした。

水平の線の下の真っ白な地面と、森の形をした緑色の部分。その上の白い空。画用紙がその三つの領域だけになった。

「ハルカちゃん、だめじゃない、手を放しちゃ」

知らない名前を呼ぶ女性の声がした。

見れば真っ赤な風船が風に乗ってこちらに近づいていた。その向こうで赤いジャンパースカートの子どもが泣いている。

一陣の風が来て、風船は一気に上空に舞い上がっていった。

遠ざかりながら、風船は曇り空を背景に急速に色を失い、ザクロのように赤黒く色を変え、やがてただの小さな黒い点になって、上空に消えた。

泣きじゃくる子どもの前に母親が被《かぶ》さるように身をかがめたせいで、真っ赤なスカートも見えなくなった。泣き声だけが、湧き上がるそばから森に吸い込まれていた。

自分が描いた緑一色の絵に、目を落とした。

赤い色が欲しい。

視野の中に、今までなかった赤が突然現れ、わたしの視線を釘付《くぎづ》けにしたのだけれど、それはあっという間に視界からさった。

辺りはまた緑一色だ。

さっきまで、それが心地《ここち》よかった。だから、わたしはこの実際の公園の森よりも、もっとずっと緑緑《みどりみどり》した、緑だらけの、緑しかない、世界を描いた。

それなのに、赤を見てしまったが最後、絵の中にどうしても赤が欲しくなっていた。

現実の世界で風船やスカートが見えなくなっても、わたしの絵の中にはどうしても赤が欲しい。これはわたしが作る世界なのだ。わたしが赤が欲しいと思ったら、そこに赤を存在させる。わたしがこの世界に赤を足す。

布製のバッグから絵の具を入れてあるプラケースを取り出した。それを地面にぶちまけてみても、赤い絵の具はなかった。

そうだ。赤はもうなかったんだ。

思い出した。夏休み前には赤い絵ばかり描いていた。

その後、デッサンやクロッキーばかりになり、絵の具のことはすっかり忘れていた。赤の五ミリリットルのチューブを使い切ったところで、絵の具を使うのをやめていたのだ。

門を出ればすぐそこに宇宙堂がある。同じホルベインが手に入る。

「すぐそこ」が我慢できなかった。「いま」「ここに」赤が欲しいという気持ちが抑えきれなくなっていた。

手を見た。左右の掌《てのひら》をじっと見つめた。

腕の外側は日に焼けていたけれど、手首の内側は八月二十五日の脚のように青白かった。

八月二十五日の脚のように……。

どうしてその日のことだけ、日付で覚えていたのだろう。

どんよりとした緑一色の絵。腕の内側の肌の白さ。なくなった赤。

足元の芝生にぶちまけた絵の具のチューブの上に、カッターナイフが載っていた。

パレットを膝に置いて、左手をその上にかざした。

右手にもったナイフを手首に押し当てた。

白い皮膚の上にナイフを滑らせることに躊躇《ためらい》はなかった。

パレットの緑と反対側の「部屋」にほんの少し滴らせるつもりだったのに……。

最初、傷口から出た血は、パレットよりも、むしろ画用紙に向かって勢いよく噴き出した。

白い地面と、緑の森。

その上に飛沫《ひまつ》が重なった。

その図柄をいい感じだと思ったのは、ほんの一瞬だった。

パレットの上にも、画用紙の上にも、あっという間に血溜まりが広がった。

血を吸った画用紙が変形して、四隅が浮き上がった。

それほど痛みは感じなかった。

ああ、きれい。

だけど、鮮やかすぎる。

黒を混ぜなくては。

まず、そう思い、それからやっと恐ろしい勢いで噴き出るその量にうろたえた。

反対の手で、必死で押さえても押さえても、心臓の鼓動に同期するように、どくどくと溢《あふ》れ出てくる。聞こえていなかった鼓動が、急に耳の奥で鳴り出していた。

どうしよう。

怖かった。

怖くて、大声で何かを叫んだと思う。多分。

そして、そのまま意識を失った。

視界にぼんやりと広がった白い天井がしだいにはっきりと見えてきた時、わたしは壁の前に立っているのだと思った。もっと壁に近づこうと前に出した足がひどく重い。それもそのはずで、ベッドの上で仰向《あおむ》けだったわたしの足は掛け布団を持ち上げようとしていた。

透明なマスクが口を覆っていた。それで自分が病院にいるのだとやっと理解した。そうだ。自分で手首を切ったのだ。

いつもの公園で絵を描いていたのだ。赤い絵の具がないからって、なんで手を切ろうなんて思ったんだろう。自分のやったことを思い出しているつもりなのだが、自分の行動はひどく不合理な感じがした。思い出せているはずの記憶は、もしかしたら間違っているのだろうか。絵の具の代わりに自分の血液で絵を描こうなんて、そんな馬鹿なことがあり得るだろうか。

モーターが回るような音がして急に腕が締めつけられた。血圧を自動的に測る装置のようだ。腕からゴムの管が伸びている。

「嵯峨野さーん、目が覚めましたか」

看護師の女性が入って来た。

「お名前、聞かせてもらっていいですか?」

こちらが質問をする前に話しかけられた。

「あ、嵯峨野仁美です」

「お誕生日を言ってみてください」「今日は、何月何日ですか？」

幼稚園の先生のような口調で次々に投げかけられた質問に答えた。

「はい、全部正解です。大丈夫そうですね」

よかった。まだ同じ日だったんだ。そんなに長い時間、意識を失っていたわけではなかった。

ご気分はどうですか。頭が痛かったりしませんか。血圧は少し低いですが出血と薬のせいね。酸素のマウスピース、外しましょうね。点滴はまだ半分残っているので、なくなるまで、バイタルもそのままね。

てきぱきとチェックシートのようなものに数字を記入していく。

バイタルというのは脈拍や血圧の表示装置のことのようだ。

「お母様、戻っていらっしゃいましたよ」

病室入口のカーテンから母の顔がのぞいた。

「どう。元気？」

叱られると思っていたのに、意外にも母は柔らかい表情をしていた。

「元気のつもりなんだけど、病院のベッドにいるのね」

「なんでここにいるか、わかってる？」

「手首を切ったのよね」

「公園で画用紙の上に突っ伏しているあなたを見つけて救急車を呼んでくださった方がいたの」

　母の話し方はいつもよりもずいぶんゆっくりだった。

「なんか、だるい」

「血をたくさん出しちゃったからよ。ヘモグロビンが足らないと酸素と栄養が体の隅々に届かないから」

　生半可な知識をツギハギにして、さも分かったようなことをいうのは母の得意技だ。

「血が噴き出るのをどうすることもできなくて、ただ、わけも分からず全身に力を入れていたような気がする」

「傷口に筋肉なんかないから、力を入れても血は止まらないでしょ」

　頭の中に、水道の蛇口に繋《つな》いだホースが水を噴き出しながら暴れているみたいな血管のイメージができた。

意識を失うまで、それほど長い時間ではなかったはずなのに、その間にまるで何日分ものエネルギーを使ったかのように、全身がだるかった。

授業をサボっていることを知って怒った時と同じ人物には思えないほど、母は穏やかに話していた。

「ねえ。救急車って、公園の中まで入れたの？」

「さあ、それはどうでしょうね。わたしが病院に来たときは救急車は帰ってしまっていたし、あなたは気を失って現場を見ていないし」

それもそうだ。

「車が入ったら、公園の芝生が傷んじゃうなと思って」

頭の中の緑一色の公園の絵に、轍《わだち》を描き足してみた。黄色か黒か、色が決められない。

「あなたらしい心配ねえ。あなたがあなたらしいというのは、良い兆候だわ」

母のこの自然さは何なのだ。どうして手首を切った理由を聞いてこないのだ。

頭を動かして、周囲を見回した。

枕元に道具を入れていた布製のバッグが畳んで置かれている。誰かが絵の具を拾ってくれたらしく、アクリルのケースに上下ばらばらにチューブが入っていた。枯れた芝生が混じっている。血まみれになったはずのパレットはなかった。もちろん絵もない。カッターナイフも。

絵を見る勇気はなかった。自分がやったこととはいえ、勢いよく噴き出る血を見たショックは大きかった。

死にたかったわけじゃないよ。

心配してるはずだから、母には言った方がいいと思う。じゃあ何故手首を切ったのか。その理由を話さなくてはならない。

赤い絵の具がなかったから、自分の血を使おうと思った。そんなことを言って信じてもらえるとは思えなかった。

反対にイジメを苦にして自殺しようとしたと嘘《うそ》をいえば、きっと誰もが信じてくれる。

真実は嘘くさく、ありがちな嘘には信憑性《しんぴょうせい》がある。

絵の具の代わりに赤い血を塗ってみようなどと思う人間は多くない。わたしにだって分かってる。だけど、現実にここに一人、そうしようとした人間が存在している。少ないかもしれないけど、たしかにちゃんといるのだ。

ため息をついた。

人々は、如何《いか》にもありそうな物語を求めている。どこかで聞いたことがある話が大好きだ。自分が納得できる言葉で説明されることだけが、多くの人にとって真実なのだ。

よく起きることだけが真実で、滅多に起きないことは不自然だ、嘘だろうと思われる。

本当はどんなことだって起きるのだ。

一万年に一度の火山の噴火も、百年に一度の津波も起こる。サイコロを振って、一が十回続くことだってある。それが現実の世界だ。

「どうしたの？　呼吸が荒くなってる」

ぼんやり天井を見ていると、母が顔を覗き込んできた。

「別に、何でもないよ。ちょっと考えごとをしてたから」

何かしら理由になりそうなことを言っておく。

「まだビックリしてるんだ」

「びっくりはこっちだよ。まったく」

母の言葉はあくまでも柔らかい。ごめんなさいと心の中で言う。

「ねえ、なんで手首を切ったのかって聞かないの？」

「聞かなくても、いつか自分から話してくれるでしょ」

「なにそれ。ムカツク」

「そんなにすぐに話さなくてもいいよ」

「そういう余裕が余計にムカツクんだよね」

「そりゃあ、あなたよりずっと長く生きてるもん」

「だって、重山に呼び出された時はすごく怒ってたじゃん」

「先生の前だもの、怒っておかないと示しが付かないでしょ。授業さぼっても別にいいと思います、なんて言うわけにいかないから」

「何それ」

穏やかな顔をしていた。わたしがピンチの時、母はいつもこういう顔をしてわたしを見る。熱を出したわたしに、リンゴを絞ったジュースを持ってきてくれる時の顔。

「切った理由を話しても、きっと、かあさん信じないよ」

「話してみなくちゃ、信じないかどうか分からないでしょ」

「ムカツク」

「じゃ、話さなくていい」

黙った。わたしも母も。

わたしには決心をする時間が少しだけ必要だったし、母は「さあ話しなさい」と促すための間を取っているように思われた。

「血の色が欲しかったんだ」

母は何も言わず、病室の外を見ていた。

ベッドからは空しか見えない。

青い空をバックにした薄い雲に、傾いてオレンジ色になった太陽の光が当たっていた。

「緑だけで森の絵を描いてたんだ。だけど、急にそこに赤を入れたくなって、なのに赤の絵の具が切れてて、どうしてもすぐに赤が欲しくて、赤がないと気が済まなくて……、それで手っ取り早く手に入るから血を」

「手っ取り早くって……」

「ほら、呆《あき》れてるでしょ。そんな馬鹿なって思ってるでしょ。でも、ほんとなんだから、パレットにほんの少し欲しかっただけなのに、加減が分からなかっただけなんだから。わたし、ほんとに死にたいと思ったことなんか一度もないから」

「そりゃあ、呆れてるよ」

母はわたしのベッドの方に振り向いた。わたしの顔と、包帯を巻いた手とを見て、それから点滴棒に目を移した。点滴液の入った袋のすぐ下で、透明な液体が時間を計る砂時計のように滴っている。

「かあさんは、あなたの言うことを信じるよ」

「だって、呆れてるって言ったじゃない」

「信じるから呆れてるのよ。血の入ったパレットも見たし、あなたの絵も見た。後先考えずに絵のことばっかり考えてるあんたに呆れてるの」

母が小さく首を傾げて肩をすくめたので、わたしも同じことをしようとしたけれど、枕が邪魔でうまくできなかった。

「あなたは小さい頃からずっとそうよ。自分がやりたいと思ったことはすぐにやっちゃう。あんまり先のことを考えない。現実と空想の世界が区別がつかなくなる。そして、現実と区別がつかないほど緻密でリアルな空想をする。見たことないはずのものをヘンに正確に描いたりする」

そうかなあ。たしかにそんな自覚はある。

「人が気づかないような機微に気づいているかと思うと、だれでも分かっていそうなことが抜け落ちている」

「ヤバい人格だね」

「親としては心配ではあるよ。でも、もしかしたら絵を描く人としてはすごくいいんじゃないかと思うよ」

母子家庭で生活だって大変なのに、美大受験を許してくれる母には頭が上がらない。

「ああ、嵯峨野さん、ここから見てもだいぶ顔色良くなって来ましたねえ」

看護師が入って来た。

「手首、見せてください。ごめんなさいねえ」

手首の傷口には四角いパッチのような物が貼られていた。中に血が染みていた。黒を足さなくても沈んだ色になっている。

「いっ」

上から押さえられて、思わず声を上げてしまった。

母は絆創膏《ばんそうこう》の染みとわたしの顔を見比べて、合点がいったような顔をしていた。

救急車で運び込まれて、結局、二晩を病院で過ごした。

傷は時間単位で一方的に良くなっていくように感じられた。

それに反して、心は元気にはなれなかった。二泊三日を病院で過ごしただけですっかり気分は「病み上がり」だ。消毒のアルコールの匂いに、獣の匂いと微かな排《はい》泄物《せつぶつ》の匂いが混じったような、あの空気を吸っていたせいだろうか。入院患者や見舞いの家族の辛そうで不機嫌な顔と何度もすれ違ったからだろうか。いつのまにかあのフロアにいた「病人」の側に入ってしまっていて、どうやって元の世界に戻ったらいいのか、それが分からなくなっていた。

生徒手帳なんか持っていたせいで、手首を切って救急車で病院に運ばれたことは、学校の知るところとなってしまった。救急車から、家より先に学校に連絡がいったのだ。

担任の重山が来たのは、わたしがまだ意識のない時で、ベッドで休んでいる姿をちらりと見ると、安心したように帰ったという。どうせあいつは「すぐに病院に駆けつけた」という事実を作りに来ただけなのだ。

面倒な問題を解決するつもりも、その能力もない。その代わり、批判をかわすためなら何でもやる。高校生のわたしたちにだって見透かされ、ばかにされている。

学校でわたしの不在はどのように伝わっているのだろう。担任は、まさか手首を切ったことをクラスのみんなに話したりしてないだろうか。

臨時のホームルームが開かれて、わたしのことが事件として報告され、二度とそんなことを起こさないためにはどうしたらいいか、なんて話し合ったりしていないだろうか。

「急に体調が悪くなったので帰宅して、そのまま寝込んでしまいました。良くなったので出てきました。今は大丈夫です」

わたしはそんな感じでまた学校に行きたい。

・いや、それ以外、どういう顔をして教室に入っていいか分からない。

家にもどって、丸一日、くよくよした。

「休めば休むほど、学校に行きにくくなるわよ。あなたなんかしょっちゅうサボってたんだから、みんなそんなに気にしていないから」

母の言葉の通りのような気もするし、そうでないような気もする。

手首にはまだ絆創膏が残っている。皮膚の色とはずいぶん違うが、白い包帯よりずっと目立たない。

「一応、長袖、かな」

傷に目をやっていたのに気づいた母がそう言った。

「グレーの男物のパーカー持ってるじゃない。あれをダブダブで着ていけばいいんじゃない？　袖が長いから隠れるよ」

私服で通える公立高校でよかった。服が決まると、それだけで学校へ行ける感じになってきた。

家で三日を過ごし、やっと学校へ行く決心がついた。


初日は始業ぎりぎりに教室に入った。

始業のチャイムとほとんど同時に、後ろの扉から入ってさっと席に着く。

幸い一時間目の英語の教師がすぐに入って来て、授業が始まった。

みんなの背中はいつも通りで、わたしの背中もいつも通り。

授業が終わっても、誰も話しかけてこない。それもいつも通りだった。

「サガノのパーカー、かわいい」

三時間目が終わったところで、そう言われたときにはドキッとして、右手で左の袖を下へ引っぱった。

「それどこで買ったの？」

「覚えてない。古着」

よかった。どうってことない。よかった。口に出さずに「よかった」を繰り返した。

昼休みになると、ふだんどおりクラスの空気が柔らかくなる。たった数日のことなのに、聞き慣れた放送部の下手《へた》なＤＪが懐かしく感じられた。だれもそれを聞いていないのもいつも通りだ。

急いで弁当を食べて、踊り場へ出た。定位置だ。

まもなく雨が降りだして、校庭には誰もいなくなった。それでも踊り場の窓から、外を見ながら、元の場所にもどることができた、そんな気持ちを嚙《か》みしめた。

午後の授業の開始五分前の予鈴が鳴った。

教室のある三階へ階段を上ろうとしたとき、上にいた一人の男子生徒と目が合った。

富田だ。

富田が一人でそこに立っていた。わたしが踊り場から上を見た瞬間、目が合って、急に体の向きを変えて立ち去った。

気のせいだ。たぶん。

富田はいつも数人の仲間たちと教室の隅で大きな声を挙げながら屯している。ほとんど一人でいるところを見たことがない。だからといって、昼休みに一人で階段を上り下りすることぐらいあるだろう。

でも、なんとなくどこか違う。

五時間目が終わった時、気になって二列離れた席の富田を見た。その時もまた目が合った。

富田は背が高く、いつもふてくされた感じで、どちらかと言えばふてぶてしい態度をとっているのに、階段の上でも、いま、この教室でも、目が合った瞬間、どこか怯《おび》えて小さくなっているように見えた。いつもより顎を引いているのか、下を見ているようで、そこから見上げるような視線でこっちを見ていた。

今、仲間たちの集団で話している富田はいつもの富田弘道に見える。

何が違うんだろう。

確かめたくなって、わたしは教室の後ろで机の上に腰をかけて、仲間たちと談笑しながら、虚勢を張るように隣の机に片足を乗せている富田をしばらくの間、見ていた。

視線というのに何かのビームのような力とか圧力とか、そんなものが届くのだろうか。

しばらく富田から目を離さないでいると、何を話していたのか、明らかにその話の途中だと思えるところで、突然、富田がこっちを見た。

目が合う。

彼は今度もひどく驚いた表情を見せ、すぐに顔を背けた。

やっぱり。富田はわたしが手首を切ったことを知っている。

次の日、富田は学校に来なかった。

胸騒ぎがした。

「富田君、なんで休んでるの？」

いつも彼と屯している男子グループのところで、武部《たけべ》というリーダー格の男子に尋ねた。

「え？　頭が痛いって。ラインで来た」

「そう」

え、なんで嵯峨野、富田のこと聞くの？　もしかして好きなの？　え、そうなの？　あはは。ははは。

囃《はや》し立てるような言葉が投げつけられたけれど、わたしがまったく相手にせず背を向けて離れたので、それはすぐに止んだ。

病欠。本当にそうなのだろうか。

心は「違う」と思っていた。

グループの人間はわたしのケガのことを知らないようだ。

翌日も富田は登校してこなかった。暑くもなく寒くもなく、風邪《かぜ》をひくような季節ではない。

放課後、職員室に担任の重山を訪ねた。

「ああ、嵯峨野か。もう大丈夫なのか」

「はい。まだ押すとけっこう痛いですけど」

本当に心配しているなら、登校初日の一昨日、自分から声を掛けてきたっていいだろう。

「そりゃあ、そうだろう。救急車で運ばれるようなケガなんだから。ちょっと傷、見せてみろ」

なんて無神経なやつだろうと思いながら、パーカーの長い袖を少したくし上げた。

「ほう。今どきはそんな絆創膏みたいなのを貼りっぱなしで傷口が付くのを待つんだってな。むかしみたいにガーゼを貼るのは却《かえ》って傷に悪いらしいな」

重山にとってそれは新鮮な知識なのだろう。

「富田君、なんで休んでいるんですか」

「ああ、富田か。もう心配しなくていいぞ。あいつにはよく言っておいた」

やっぱり。最悪。

「もう嫌がらせはするな。お前の方は軽い気持ちでも、やられる方は自殺まで考えるんだ。お前だって一年生のクラスでは苛められてたんだから分かるだろう。もっと重大に受け止めろ、そう言っておいた」

顔から火が出そうだった。

自殺という言葉を声もひそめずに口にするのも信じられない。

職員室で誰ひとりその言葉に反応したようすがなかったのは不幸中の幸いだ。

「あの……」

「なんだ」

「わたし、死のうと思ったことなんかありませんから」

「分かってる。思春期にはよくあるんだ。思いつめちゃだめだ。な。もう深刻に考えるのはよそう。先生はちゃんとみんなのことを考えて、いざという時には守ってやるから。だから、悩んじゃだめだ」

守る。あんたが？　どうやって？　あんたにそれができるわけない。

あたりの物を投げつけてやりたい憤りを抑えて、職員室を後にした。

富田が休んでいる理由も分からないままだ。たぶん、重山はなぜ富田が学校に来ないのか、確認する気もない。

次の日も、その次の日も、富田は学校に来なかった。

どうしたらいいのか分からない。

重山は、わたしが手首を切ったのを、富田のイジメのせいだと決めつけている。

最悪なことに、重山一人で思いこんでいるだけではなく、直接、富田にそれを伝えている。

どんな人間だって、自分のせいで誰かが自殺しようとしたと分かったら、平気ではいられないだろう。まるっきり間違った情報なのに、富田はそれを知らない。

わたしがクラスに復帰したとたん、彼の方が学校に来なくなった。誰にも相談できずに、一人で自分を責めているかもしれない。

それ、ほんとにちがうから。

背中を丸めて怯えているような、彼らしくない姿。こちらの表情をうかがうような、力のない眼差《まなざ》し。

あなたのせいじゃない。そもそも、わたしは死のうとしたわけじゃない。絵を描こうとしただけなんだ。わたしがちょっと馬鹿で、思ったよりも血が出ただけなんだ。ほんとに馬鹿。ちょっとじゃない。うんと馬鹿。手首の血管のあるところに、大した考えもなくカッターナイフを当ててしまった。わたしのイメージは、切ったらジワーッとでてきて、ポタポタポタポタって滴る。そんなつもりだった。パレットの小部屋を満たす、一ミリリットルに満たない赤い液体が欲しかっただけなのに、いきなり噴き出した血で画用紙の大部分が覆われ、パレット全体が血だまりになるほどの、もう少し救急隊員の到着が遅くて止血が遅れたら、輸血が必要になるほどの、無駄な血を流してしまった。

どうして、血液で塗ってみようなんて思ったんだろう。でも、何故か、その時は自然にそう思ったのだ。

富田は関係ない。わたしが馬鹿なだけで、富田が悪いんじゃない。富田はいけ好かないやつだけど勘違いして気に病んで学校を休むようなことがあっていいわけじゃない。

ずっと、同じ考えが、何度も何度も、頭の中を駆け巡っている。どこにも出口がない。

覚悟を決めてもう一度男子グループに聞きにいった。

「富田君、どこか具合でも悪いの？」

「わけわかんねえ。今はただ休むって言ってくるだけ。なんか学校に来たくない理由があんじゃね」

武部が腰パンのポケットに手を入れたまま言う。

「なんかって、なんか心当たりあるの？」

「さあね。いろいろ難しい年頃ってやつじゃないの。ほら、思春期だからさ」

担任の重山が、やたら「思春期」という恥ずかしい言葉を使いたがるから、クラスでは不可解な行動について、何かというと「思春期だから」という言葉を付け加えるのが流行《はや》っている。

「富田にラインしといたよ。嵯峨野がお前のこと気にしてたって」

「何それ、やだ」

「それからあんまりラインにも出てこなくなった。もしかしたら富田もまんざらでもないのかもよ」

下卑た目つきでこっちを見る。

「ばーか」

軽く言ってその場を離れた。動揺したと悟られてはいけない。

教室から逃げ出して公園へ向かった。

門を入ると足が重たくなった。絵なんか描きたくないのに、それでも足はいつもの場所に向かう。時々、風の塊が音を立てながら木立を抜けていく。

ここだ。この場所だ。なだらかな斜面の途中のほんの小さな窪みが定位置だった。何も変わっていなかった。空があって、森があって、風の音がして、植物の匂いがする。

「富田、お前が嵯峨野仁美をイジメていたのはわかってるんだ」

頭の中で重山の声がした。

近くの公園でリストカットをした級友を苛めていただろうと教師に言われた男子生徒はそこで何を考えるだろう。

「僕は何にもしていません」

「嵯峨野の上履きを隠したことがあっただろう」

お前のイジメのせいで嵯峨野仁美は死んでしまうところだった。リストカットをするまで追い詰めてしまった。そう責められていると思うだろうか。それが無実の罪だということも知らずに、彼は自分を責めるだろうか。

ふと森のにおいの中に血のにおいが混じっているような気がした。

地面に膝をつき、両手をつき、顔を近づけて土の匂いを嗅いだ。湿った草の匂いがするだけだった。自分の流した血の痕跡はどこにも見つからない。悪い夢を見ただけだ。そう思ってみるけれど、手首には確かに生々しい傷がある。

手首に傷をもった屍体《したい》が、どこかの海岸の人気のない岩場に流れ着いている光景が頭の中に浮かんだ。海水を含んで生白く膨らんだ男。次には、どこかの山奥で腹部をイノシシかクマに食い荒らされた、手首に同じ傷のある屍体。

ほんの少しのきっかけから緻密で鮮やかな光景を頭の中に創る訓練をし過ぎていた。

勉強も、絵も、何も手に付かない。何をしていても、富田のことが気になってしまう。

実は風邪をこじらせて咳《せき》が止まらないとか、真相はそんなことで、明日にもふつうの顔をして教室に現れるかもしれないと考えてみたりもした。

毎朝、今日こそいつもの席に富田がいはしないかと期待して教室に足を踏み入れる。だが、あいかわらず富田の席は空席で、二時間目三時間目四時間目、休憩時間が終わる度に期待しては落胆するのだった。

日が経《た》つにつれ、思いは出口を失って、胸の奥でどんよりと、同じ問い同じ答えを繰り返すようになっていた。

また武部に声を掛け、富田から連絡が入っているのが確認できた時には、ふと体から力が抜けるほど安心した。まだ生きている。苛められていた時の主犯格であるのに、今では武部の情報を頼りにしている。

「学校に来ない理由も書いてこない。お前のことをメッセージに書いても何にも言ってこない」

そう。だめなのだ。

富田が、彼のイジメのせいでわたしがリストカットしたと思いこんでいるとしたら、学校でわたしが彼のことを聞き回っていると知れば、ますます学校に出て来られなくなる。

担任の重山も、男子グループの武部も、余計なことをして、事態をややこしくしてくれている。

わたしは何をすればいいのだろう。何をしても事態が好転すると思えない。

「サガノ、そんなに気になるんなら、お前、家に行ってこいよ」

武部から、半ば強制されるように富田の住所を書いた紙を渡された。武部たちも心配し始めている。

富田の家はK町駅の近くだった。

K町駅はわたしの最寄《もよ》り駅と同じ路線で、わたしが乗るM田駅から二駅。少し学校に近い。

帰りに寄れる。

でも、その日は寄らなかった。寄れなかった。

次の日の朝、M田駅で乗ってまもなく列車が止まった。

《K町駅デ、ジンシンジコノタメ、コノレッシャハシバラク、ウンテンヲミアワセマス》

ジンシンジコノタメ——。

人身事故のため。

口の中で鉄の味がした。公園で血を流したときの匂いを思い出した。必死で唾を出して口の中のものを全部一緒に飲み込んでしまおうとしたのに、むしろ口が乾いて引き攣《つ》れた歯茎から出血しているようにすら思われた。

まさか違うよね。

違うよね。違うよね、富田。

叫んでしまいそうだった。

目の前の画用紙の上に血が広がって、白いところも緑に塗られたところも、上から塗りつぶされていく、あの光景が浮かんできた。

生温かい液体が手首を伝わる感触。

吊革《つりかわ》を摑《つか》む手を見上げると、手首の傷が袖からのぞいている。心臓の鼓動がこめかみまで響いていた。胃液が逆流して来そうだった。目眩《めまい》がして立っていられなくなるのを、吊革に摑まって必死で堪《こら》えた。

やがて、アナウンスがあり、ガツンと言う小さな衝撃とともに、電車が動き始めた。よかった。大した事故ではなかったようだ。

K町駅に停車して再び発車するまで、目を瞑《つむ》ったままどうしても開くことができなかった。

遅延のおかげで、駅から学校まで走る羽目になった。

始業二分前に教室に駆け込み、息を整える間もなく武部を捉《つか》まえた。

「今日、富田君から連絡あった?」

「ああ、ほんの五分前、今日も休むって」

よかった。

ゆっくり、大きく息をして、心拍が落ち着くのを待った。

「あいつ、学校には言わないくせに、俺のところには毎日律儀に欠席届をよこすんだよな」

武部の声が始業のチャイムに重なった。

いつのまにか、わたしは富田が自殺するんじゃないかと思いこんでいた。

確かにその可能性はある。

自殺するつもりがないのに、自殺未遂のような事件を起こしたわたしと、それを自殺未遂だと信じ込んで疑わない担任教師がいる。そこまではははっきりしている。

そして、その教師に富田は自殺未遂の原因はお前だと言われている。それも分かっている。

だが、富田が学校に来ない本当の理由ははっきり分かっていない。

仲のいい武部のグループの誰にも学校に来ない理由を伝えていないことを考えると、人に言いたくない理由を抱えていることだけは確かだろう。

不登校の原因がわたしで、しかも誤解のせいかもしれない以上、すべてをはっきりさせるためには、やはりわたしが本人に会って話をするべきだ。そう決心した。

わたしのせいで富田が自殺したらどうしようと心配している。ひょっとしたら富田は富田のせいでわたしが自殺しようとしたと思っている。

自分のせいで、一人の人間が自殺するようなことがあったら……。そんな「仮定」を偶然にも現実感をもって考える境遇にいる。

もしかしたら、わたしたちは似ているのではないか。

日曜日を待って、地図を頼りに富田の家を訪ねてみよう。なんとなくだが、よい結果を生むには、慌ただしくない、陽《ひ》の照っている時間帯がいいと思った。

そう決めたら、ずいぶん気持ちが落ち着いて楽になった。

土曜日の朝は駅が空《す》いている。

会社勤めの人たちは少なくて、電車の中の高校生の比率が上がる。

「なんか、土曜なのに学校行くと思うと死にたくならない？　ＯＬだったら休みなのに」

ドアの近くに立った私立の制服の女子高生の会話が耳に入ってくる。

だめだ。今日行かなくては。また不安が襲ってきた。

日曜日では間に合わないかもしれない。せっかく決心してたのに、なんで先延ばしにしようと思ったんだ。

ちょうど次がＫ町駅だった。ドアが開くのを待って、ホームに降り立った。

七時二十五分。家庭を突然訪問するにはいくらなんでも早すぎる。せめて八時を過ぎるまで、駅で時間を潰していようと思った。

空いていたベンチに腰をかけた。

スーツを着た会社員、きちんと化粧をしているけど眠そうな三十くらいの女性、スポーツバッグを抱えた大学生風の男、職人風の中年男性。

ホームに人が溜まり、それが入って来た電車に吸い込まれていなくなる。次の電車が来るまでに、またホームは人でいっぱいになる。数分ごとにそれが繰り返されていた。

そんな光景をぼんやりと眺めていた。

通学の時間帯に駅で何本もの電車を見送っている自分。

しばらく見ているうちに、同じホームの一番前の方のベンチに座っている人に気づいた。

かなり距離があって、男性であることしか分からない。

人が溜まると見えなくなる。列車が来ると、視界を塞いでいた人々はみんないなくなる。なのにたった一人、その男は電車に乗らずにずっとそこに座っている。

自分と同じようにホームで時間を潰している似たような人間がいる。近づいてみることにした。

もしかして——。

また次の電車に人が吸い込まれ、人のいなくなったホームにぽつんと残ったその人は、これから会いに行こうとしていた富田に間違いなかった。

立ち止まった。それ以上、足を踏み出すことができない。

富田はベンチに腰を下ろしたまま、前屈《まえかが》みになって、膝に腕を乗せていた。何か迷っているように見えた。なんでそこにいるんだろう。学校に行く時間だ。そうだ。

いよいよ登校するつもりになって、駅までやって来たんだ。まだ迷っていて、それで電車を何本も見送っているんだ。

でも、カバンをもっていない。

《列車が参ります。黄色い線から後ろに下がってお待ちください》

富田が立ち上がった。

ホームの人が動き始め、彼が時々見えなくなる。電車の音が聞こえてきた。人々が列を作って入ってくる列車を待っている。その中で彼の頭だけが動いていた。

「富田君!」

できる限りの声で叫んだ。

人混みの隙間から、彼がこっちを向いたのが見えた。落ちくぼんだ目が驚いた表情に変わった。それでも、彼の移動は止まらなかった。むしろ、わたしの視線を振り切ろうとしているように思えた。

「だめ。止まって。ちがうの。富田君、ちがうの。止まって」

人を掻《か》き分けて進もうとした。何度もぶつかった。前に進めない。間に合わない。

「誰か。その人を止めて。その人、死のうとしてるから、止めて」

最後の声がかすれた。

どこかで緊急停止ボタンが押され、非常ベルが鳴り響いた。

ブレーキの軋《きし》む音が近づいてくる。

彼の近くの人込みが動いた。背の高い彼の頭が人混みに埋まって見えなくなった時、ホームに赤い列車が入って来た。

泣き叫びながら人混みをかき分けて辿《たど》り着くと、彼は二人の男の人によってホームに組み伏せられていた。

「富田、ちがうの。勘違いなの。全然ちがうの」

容赦のないわたしに背中をひっぱたかれながら、富田弘道は、体を丸くしたまま黙ってそれに堪えていた。

第七話　ホームドア

「アサノさん、来たわよ」

お客さんがほんの一瞬途切れたその時、相棒の里子《さとこ》さんが小声で言った。

いつものように七時二十分にやって来て、きょうも新聞を買っていくお客さん。それだけのことだ。どうってことはない。通勤の途中のことだから、毎日同じ時刻なのは当たり前だし、新聞を買うなら毎日来るのだって当たり前。そんな人は百人を超える。

ただ、アサノさんは、(朝来るからアサノさんととわたしが勝手にいい加減な名前を付けているその人、本当の名前は知らない)は、もうずっと月曜から金曜までそうやって新聞を買ってくれている。

混み方次第で「ありがとうございます」と言う日も言わない日もあるけれど、それ以外には口をきいたことはない。

「二十年も毎日顔を合わせているのに、一度も口をきいたことがないっていうのも珍しいよね」

そう口にする里子さんだって分かっている。外では珍しいけれど、ここでは珍しくない。たとえば、数年前からタバコを買いに来るナカノさん。ナカノさんは、ホームの端の階段から上がってくるらしく、店の裏側から前に回って来ていきなりぬうっと現れるから、最初はウラカラさんと呼ばれていた。ところが後で夜に来るヨノさんが登場して以来、ネーミングを統一しようということになって、昼に来るからナカノさんに名前が変わった。他にも勝手に名前を付けて、来たとか来ないとか言いながら、時には賭けたりもしている。

自分たちの仕事はそういう仕事なのだ。

広田喜美子《ひろたきみこ》、駅売店の販売員一筋、二十五年。人に聞かれたらそう答える。息子が小学校二年生になってから、ずっとこの仕事を

自分が働いているキヨスクは、ドリンクの自動販売機よりも何倍か大きいだけだ。けれど、面積あたりの商品の種類は自動販売機を圧倒する。雑多な商品が並ぶ「小屋《キヨスク》」は、商品の形が色々すぎて機械化が難しいから、人間が代わりに自動販売員をやっているようなものだ。

新聞、チューインガム、タバコ、飴《あめ》、週刊誌、ネクタイ、本、祝儀袋、ハンカチ、ポケットティッシュ、ビール、ワンカップの日本酒、スルメ、切手、ピーナッツ、マスク、ビニール傘、電池、小さなぬいぐるみ、……。

狭い間口を何人ものお客さんが取り囲む。一人のお客さんにお釣りを渡しながら、別のお客さんからお金を受け取る。返す手で外からは手の届かないところにある商品を取って渡す。千手観音のようだ。

不器用なロボットアームなら、「く」の字に曲がった関節でお客さんの誰かにフックを見舞って訴訟になり、きっと、何百万円も賠償金を取られる。

複雑で安全なロボットができるとしても、それはきっと恐ろしく高価な物になる。でなければ、すごくゆっくり動いて、何人かのお客さんが新聞を買うために電車一本乗り過ごしてしまうだろう。

「愛想よく丁寧に接客するよりとにかく早く捌《さば》くこと。それが一番大切なサービスだと心がけてください」

最初の研修でも、里子さんとこの店に入ったときも、そう言われてきた。

工学部を卒業して精密機械の会社で技術者をしている息子・賢一《けんいち》によれば、わたしたち人間の売り子は、現在の技術でできるロボットよりかなり器用で、しかも安あがりなのだそうだ。

「そんな言い方でロボット以上だと褒められても、全然うれしくないわよね」

里子さんと二人で口を尖《とが》らせてそんな話をした。

今朝のアサノさんは、こちらが代金を回収し終わってもまだ前に立っていた。いつもなら週刊誌の上にきっちりの金額を置いて最前列の新聞を取っていく。

「あの……」

「お代はちょうどでいただきましたけれど」

釣り銭を待っていると思ったのだ。

「いえ、その、……わたし、今日で定年退職になりますので、ここで新聞を買うのもこれが最後になると思うんです」

「……」

右側から来た若い人に栄養ドリンクのお釣りを差し出しながら顔を向けると、アサノさんはじっとこっちを見ていた。

「そうでしたか」

一旦、背を向けて背面の棚から、別の客に香典袋を渡す。

《わたしがお客さん対応しておくから》

前に向き直るとき、里子さんに耳元でそう言われてしまったので、しかたなく脇の小さな扉をくぐって外へ出た。

「長い間、毎日のようにお買い上げ頂いて、本当にありがとうございました」

頭を下げると、アサノさんも腰を折ってお辞儀をした。黒い革靴は、履き古されていたが、よく磨かれていた。そういえば、ふだんはお客さんの腰から下を見る機会はない。

「どうかこれからもお元気で」

外へ出てしまったものの、何を話したらよいかわからなかった。

「すみません。お忙しい最中に。これで失礼します。ほんとにすみません」

アサノさんは恐縮したようすで、何度も頭を下げてから、ちょうどホームに入ってきた電車に乗る人の列に向かって歩き始めた。買ったばかりの新聞を手にしてはいたけれど、この時間帯、車内で読むのはちょっと難しそうだ。会社に着いてから読むのだろう。

ホームに電車が入ってくる音を背に、新聞スタンドの乱れを直しながらブースに戻った。

「知ってる人だったの？」

「まさか。全然、知らない人よ」

「わざわざ今日が最後だと言いに来るなんて、ずっと喜美子さん目当てで新聞買いに来てたってことだよね」

「やめてよ」

「隅に置けないなあ」

　今日はマドレーヌがよく売れる。

「二十年以上も、月曜から金曜まで毎日でしょ。来ない日があると、心配してたりしたじゃない」

　梅干しとマスクが売れた。

「そう。それはあるよね。『風邪《かぜ》でもひいたのかしら』とか、三日続くと『どこかへ転勤かしら』とか。だけど、そういう妄想をするのも仕事の楽しみ方だって教えてくれたのは里子さんだよ」

　そんな里子さんと二人で店に立つ日も、あとわずかだ。

　里子さんと話題にするのはアサノさんだけだけれど、同じようにナカノさんも、ヨノさんも、こっちで勝手に考えた人物設定があって、かなり前から、この合計三人は時間帯ごとの仕事のアクセントにしている。

午前九時を回って、時々、客足が途切れるようになった。

里子さんは在庫のチェックを始めている。

彼女はチームのリーダーで九時半までのラッシュアワーのヘルプ。この店は普通より少し広くて、ぎりぎり店員が二人入ることができる。それで朝のピーク時間をうまく回すためにヘルプが入るようになっているのだ。

駅の売店はスピードが命。買おうと思っていても次に電車が来てしまえば、諦めてしまう人が多い。列車と列車の間の短い時間にいかに大勢のお客さんを捌くかで売上が決まる。

スーパーバイザーでもある里子さんは、ラッシュアワーが終わったところで、在庫を見て追加注文の伝票も書いてくれる。

十一時になると、別の人が来て、一旦交代する。

売店の基本は一人勤務だ。ただ、それだと休憩ができないので、およそ二時間に一度、「フリーの人」と呼ばれる店舗を持たない販売員が来て、その人に店番を任せる二十分のトイレ休憩がある。食事休憩をとるための一時間の休憩にもフリーの人が来る。店舗ごとに違う十一時間から十四時間の営業時間を、そうやって三人か四人で回す仕組みになっている。

ほとんどみんな契約社員だが、拘束八時間のフルタイムの人、三時間または四時間のショートタイムの人がいて、路線内の売店をブロックにわけて、その中を一人のリーダーが統括するチームで担当している。正社員のリーダー・里子さんは標準のシフトはなく、フリーだけの担当だ。休んだ人の枠を埋めたり、この駅のように時間によって短時間のサポートに入ったりしながら、売上の集計や受発注のとりまとめをしている。


駅売店の売り子になってから、ずっとこの店の早番をしている。

この仕事のキモは、何種類もの週刊誌、新聞、電池から傘まで、店にある物すべての値段を覚えていなければならないところ。いちいち表を見て値段を確かめていたのでは、素早くお客さんを捌けない。長くても八秒、短いときは一秒か二秒で物を売る仕事。ほとんどの時間、持ち場には自分一人しかいない。分からないことやトラブルがあっても、誰も助けてはくれない。全部、自分で解決しなくてはならない。一人一人が一国一城の主《あるじ》、店長のようなものだ。簡単な仕事のように見えて、誰でもがすぐにできる仕事ではない。

ブースに二人が入ることのできる店舗はここをのぞいて全線で二ヶ所しかなく、たまたまこの駅のこの店が、研修初日の配属場所だった。

運命だと思った。

そもそも、わたしはこの駅で働きたくてキヨスクの販売員の求人に応募したのだ。研修がここだったのは、リーダーと二人で入れる大きさの店舗だったという理由に過ぎなかったのだけれど、でも、その時のわたしは歓喜した。

他の人が聞けば不思議に思うだろう。

二十五年前のある日、乗車中に喉が痛くなり、思い立ってのど飴とマスクを買った。それがこの店だった。

夕方から喉に何かが引っかかる感じがしていた。風邪をひいてしまいそうな嫌な感じ。満員電車の中で何度も唾を飲み込んでいると、吊《つ》り広告にのど飴の宣伝があった。それを見て、のどの違和感から早く解放されたいと思うようになった。駅で降りると、たまたま売店の前で扉が開いて、車内のポスターにあったのと同じ真っ赤な色をしたパッケージが目に飛び込んできたのだ。

その時、キヨスクで物を買うという初めての体験をした。

新聞や週刊誌を駅で買う習慣は無かったし、ガムも、もちろんタバコも買わない。

わたしのライフスタイルでは、ここで売っているような物はふつうならコンビニで買う品々だった。キヨスクで買うなんて思いもよらない。店の存在すら意識していなかった。まったく発想の中にはなかったのに、その時ちょうど、車内で見た「のど飴」が目の前に現れたのだ。

のど飴に待ち伏せされて捕まったみたいな感じで店の前に立った。

「あの、その、のど飴ください」

ただ、棚を指差す。買い方の流儀が分からない。お上《のぼ》りさんのような、なんとなくアウェイな感じ。

「百円」

無愛想な返事が返ってきた。よかった。これで買える。

わたしがポケットから百円玉を出して、店の人に渡すまでの間に、後から来た男の人が二人、それぞれ週刊誌とタバコを買って立ち去った。ふつうに買い物をしたつもりだったけれど、自分がやけにのろまに感じられた。

少し離れたところで、袋を開けてのど飴を口に入れた。緊張していたのか、口の中が乾いていて、飴が粘膜に引っかかる感じがした。

思ったのは、思い立ったときにすぐに買えるって、なんて素敵なことだろうってことだ。

口の中で飴を転がしながら、改札へ向けて歩き出した時、売店の横に小さなポスターを見つけた。

「販売員募集　契約社員」

ああ、これだ。ちょうどいいと思った。

やっぱり、この駅の売店から販売員に呼ばれたのだと思った。

大学の午後の授業を休んで病院へ行った日だった。

誰かに後ろから肩を突かれたと思った時には、もう体は宙に浮いていた。落ちる。そう思った時には、何処《どこ》に落ちたらいいのか、場所を決めなくちゃと考え始めていた。手も足も空を掻《か》いて、もはや落下点を選ぶことなどできないというのに、できれば痛くない、柔らかなところはないかと、目が探していた。

瞬間のそんな思いには何の意味もなかった。二秒後には一番痛い落ち方をして、二本のレールの間にうずくまっていた。

脛《すね》をレールに嫌というほどぶつけ、敷石の上にいた。

大きな溝にはまったと思った。景色が一変していた。空は細長く切り取られている。ドブから外を見上げるネズミがみている空はきっとこんなだ。その空には架線があった。

膝から下が痺《しび》れて、足はまったく動かなかった。少しでも体を横にずらしてみようと思うのだけれど、まるで力が入らない。

お尻の下でレールが振動していた。

自分がいるのは鉄道の線路の上で、同じレールの上のどこかに列車が乗って、こちらへ向かっているのだ。

ごろごろとした振動が大きくなってくる。

少し遠いところで、非常ベルが鳴り始めた。

「電車が来るぞ」

「早く上がれ」

知らない人たちの声がする。わたしに投げかけられた言葉に違いなかったが、何しろ動けない。痛くて動けないのか、すくんだ足が動こうとしないのか、とにかく動けない。

「上がらなくていい。ホームの下に逃げ込むんだ」

ホームの下？

やっとその頃になって事態を飲み込んだ。自分はホームから線路に転落したのだ。そして、たぶん、列車が入ってくる。何秒後か、何分後か、それはわからない。えぐられて凹《へこ》んでいる「緊急退避所」と書かれた場所があった。そこへ逃げ込めばいいようだ。距離はたぶん三メートル。

その三メートルが無限のようだった。

「立て、早く立つんだ」

誰かの声がする。

状況は分かっている。だがどうしても足が動かない。

目指すシェルターに向かって上半身をわずかに捻《ひね》り、手を動かしているのだが、その手はむなしく空を切り続けている。

いよいよレールの振動が激しくなっていた。

ブレーキの音だろうか、金属が擦れ合う音がそこいらじゅうから響いてくる。

レールだけでなく敷石も振動している。

ここで死ぬんだ。そう思った。

ピザを切る、あの回転する刃のついた道具のように、車輪が自分の上を通過していくイメージで顔がゆがんだ。

轟音《ごうおん》が近づいてくる。

「動くな！」

その声は後ろから聞こえたと思う。

瞬間、何かが覆い被《かぶ》さってきて視界が遮られた。

低い振動と金属音、それに鳴りっぱなしの警笛に非常ベルの音が重なって耳がブロックされていた。

肩や背中や腰が何かに押されたと思う。いつのまにかシェルターが目の前に来ていた。

一気にそこへ飛び込んだ。

光が遮られ、風圧とともに、背中に列車が走り込んできた。

その瞬間、目の前に飛び込んできた人間がいた。

振り返ると、目の前をいくつもの車輪が通過していた。

やがて、速度が落ち、車輪が止まった。

助かった。とにかく助かった。

ホームの上では駅員たちが離れた距離で何か言い合っていた。

わたしの視界は大きな車輪で塞がれていた。レールと接する部分が刃物のように艶めかしく光っている。

それをじっと見ているずいぶん長い時間があったように思う。

《お急ぎの所、たいへん失礼致します。ただいま、上り列車がホームの途中で緊急停止しております。ホームに落ちたお客様の安否を確認しておりますので、しばらくお待ちください》

お客様の安否って、わたしのことだ。顔から火が出そうだった。

「大丈夫だ、君は悪くない」

この男の人は自分から飛び降りてわたしを助けてくれたのか。

十秒か二十秒の出来事だったと思う。その最中には何が起きたのか分からなかった。いま、遡って起きたことを頭の中で整理している。

ホームを歩いていたわたしは、誰かに肩を押されて、線路に落ちた。そこに電車が入って来た。誰かが、いや、いま、隣にいる人が、とっさに飛び降りて、わたしを安全な場所に誘導してくれた。そのおかげで、わたしは生きている。

そういうことらしい。

モーターなのか車輪なのか、あるいは別の何かなのか、目の前の列車のお腹《なか》の下は熱を帯びていた。

雨宿りをしているようだと思った。

自分のいる空間から見ると、ホームは庇《ひさし》のように上にあり、ホームと車両の隙間からは、細く光が差し込んでいた。

この先、どうしたらいいのか分からなかった。

「大丈夫。ここです。無事です！」

一緒にいる男の人が大声で叫んだ。

ホームで拍手が起こった。そして、あちこちにざわめきが広がり始めた。多くの人たちが息を詰めていたのだ。

頭上で足音がした。

ホームの隙間から顔が半分だけ見える。

「駅員です。危険ですから、絶対にそこを動かないでくださいね」

無線で話をしている声が聞こえる。万一、列車が動くと危険なので確認しているようだった。

「列車が動きますから、できるだけ奥へ下がって動かないでください」

頭上の駅員が念を押す。

《黄色い線まで下がってください。列車、後退します。バックしまーす》

ホームのアナウンスが聞こえる。

車両の下で何かが切り替わるような機械音がして、列車がゆっくり後退した。

ほぼ一両分くらい、バックしただろうか。急に視界が開けて、反対側のホームが見えた。

恥ずかしい。大勢の人がこっちを見ていた。

「すみません。お客様、こちらからホームに上がってください」

いつの間にか、プラットホームから梯子《はしご》が降ろされていた。

シェルターから線路の中央に進み出ると、一斉に、ものすごい数の視線を浴びた。

これだけの人を足止めしたのか。

何が何だかわからなかったが、どうやら大変なことになっている。

振り返ると、赤い列車の前面がみえた。

大きい。果てしない重量を感じた。

そのとたん、震えが来た。恐《こわ》かった。この大きなものが自分を踏みつぶして行くところだったのだ。骨だろうと肉だろうと、この列車の重量に比べたら、固さに違いなどないだろう。車輪が通ったところは一ミリか二ミリに潰されて、そこがミシン目になったように体が千切れる。

手が震え始めた。うまく呼吸ができなくなった。線路に打ちつけた足が痺れていた。

ほとんど何も視界に入らなくなって、言われるままに梯子を上がった。

たぶん、自分で上がることはできなくて、両腕をもって引っ張り上げられたような記憶がある。

誰かが頭から毛布を掛けてくれて、わたしはそれで警察に逮捕された容疑者のように顔を隠した。

プラットホームにいたはずの大勢の人たちのことも、何人に付き添われて、どういう経路で部屋へ連れて来られたのかも、記憶がない。その部屋まで、自分の足で歩くことができたのか。それも分からない。

最初のうち、なぜ線路に落ちたのかすら分からなかった。

もちろん、飛び降りるつもりなどなかった。

ちょっとだけ考えごとをしながら歩いていたのだ。

それで……、急に誰かに肩、いや、背中かもしれない、とにかく後ろから強い力で押されたのだ。

そのままどちらかの足が空を切った。そう。たぶん左足だ。ちょうど点字ブロックのあたりを歩いていて、右足に体重が乗ったところで、右後ろから押された。よろめいて、あわてて左足をついて体を支えようとした時に、足の下に地面がなかった。

質問に答えていくうちに、だんだんと記憶がつながっていった。

始めのうち、鉄道会社の人は、わたしが自殺を試みようとしたと疑っているようだった。

飛び込み自殺が多いのは知っている。でも、わたしには自殺をする動機なんかない。

その日は、わたしのお腹に赤ちゃんがいるってわかった日だったんだ。

妊娠六週目。希望に満ちた言葉。

超音波の映像の中に、南京豆か繭のような形の空洞があって、そのなかに豆粒のようなものがあるのが、わたしの赤ちゃんなのだって。

うれしかった。

だけど、まだ若すぎるって言われるだろう。まだ二十になったばかりじゃないか。大学はどうするんだ。学資だってアルバイトをしてやっとまかなっているのに、子供なんて育てられないだろう。そう言われるに決まっている。

まず、親に何て言えばいいのか、それを考えていた。付き合っている相手は知っている。驚くだろうな。怒るだろうか。簡単には喜んでもらえないと思った。

でも、わたしはうれしかった。

この子が大きくなったら、「お腹にあんたがいるって分かった日、お母さんはこんなにうれしかったんだよ」って言ってやろうと思った。だから、その喜びを忘れないように、今日一日、嚙《か》みしめていようと思った。

空前の人生の一大事に遭遇して、舞い上がっていた。

どうせなら空に舞い上がればよかったのに、ぼんやり歩いているから、ちょっと押されて線路へ向けてダイブすることになってしまった。きっとそういうことなのだ。この一時間に自分の周りに起きたことを、そう納得させるしかなかった。

「背中にぶつかった男がいるのが目撃されています」

途中で、部屋に入ってきた係の人がそう言ってくれて、それで最終的にわたしの自殺の嫌疑は晴れた。

「わざとわたしにぶつかったってことなのでしょうか」

「事件なのか、事故なのか、それはまだわかりません」

殺人未遂に相当するかもしれない。防犯カメラにも写っているはずだから、あとで警察にも連絡する。何日かのうちに警察からあなたのところにも連絡がいくと思う。そう言われた。

ぜひ、何としても犯人を見つけてください。そう言うべきなのではないかと、ずっと頭の半分くらいが考えているのだけれど、自分がひどい犯罪の被害に遭ったという実感が決定的に欠けていた。

そのくらい、事件前のわたしはぼんやりしていて、線路に落ちても何が起きているのかよくわからずにいた。危険な状況だと理解した時には、助っ人が上から降ってきて、よくわからないまま、わたしを安全なところへ押しやってくれた。

間一髪、わたしは電車に轢《ひ》かれてしまうところから、救い出され、ホームに引き上げられ、そして、この取調室のような会議室にいる。

小一時間、事情を聞かれたあと、やっと解放された。

「どうも大変ご迷惑をおかけしました。いろいろありがとうございました」

自分は被害者なのになんで謝っているんだろうと思いながら頭を下げていた。

非常ベルが鳴って列車が緊急停止をしたという騒ぎがあったのは確かなことで、それは鉄道会社のせいなのか、わたしのせいなのか、よくわからなかったけれど、わたしの何かが「犯罪」を呼び込んだのかもしれないとも思うのだった。

「わたしを助けてくださった方はどちらにいらっしゃるでしょう」

命懸けでわたしを助けてくれた人に、何も言っていない。

「だいぶ前にお帰りになりました」

「お帰りに。そんな……」

ショックだった。鉄道会社の人に事情の説明をするより、お礼を言うのが先だった。

「じゃあ、お名前と連絡先を教えていただけませんでしょうか」

「申しわけありません。ご本人が内緒にしてくれとおっしゃっているものですから」

「わたしにも言うなと？」

「ええ」

「鉄道会社には言ったんですよね」

「最初、こちらに対しても名乗りたくないとおっしゃっていたのですが、線路に人が降りた場合、きちんとした報告書を作る必要があるものですから、どうしても住所氏名は必要だということで、納得していただきました」

困った。

いまだにわたしは、キツネにつままれたように感じている。少なくともわたしより冷静だった人に、一大事件の真相を教えて欲しいし、もちろん、命を助けてもらったお礼もちゃんといわなくてはならない。

「命の恩人なのですから、何を置いてもお礼をいうのが筋だと思うんです。ですから……」

「おっしゃることはわかりますが、こちらではなんとも」

「そんな……」

「あくまでも本人には伝えないでくれというその方の強い希望ですので、広田さんのご要望に応えるわけにはいかないのです。お気持ちはとてもよく分かります。分かるのですが、そのあたり、どうかご理解を戴《いただ》きたいわけでして」

「分かりました」

そう答えるしかないようだ。

なんだか、すべてのことが自分の意志ではなく、降って湧いた成り行きに振り回され引き摺《ず》られている。

ピンボールのマシンに打ち出された玉のように、自分では何もできないまま、あっちで跳ね返され、こっちで跳ね返され、自然に落ち着くところに落ちつかせてもらえず、跳ね飛ばされてばかりいる。

「こんなことを聞くなんて、と思われてしまうかもしれませんが、助けてくださった男性、どんな方でしたでしょうか」

「どんなというと？」

「気が動転していて、顔も、身なりも、まったく思い出せないので」

「ああ、なるほど。大きなショックを受けたときにはそういうことはよくあるみたいですね」

そうなのか。

「背の高さは、そう、百八十センチか少し低いくらい。髪の毛は少し長め、えっと、メガネはなし。やせている方ですが、肩幅は普通より少し広いかなあ」

モンタージュ写真を作る時にはこんな会話をするのだろうか。

でも、わたしの方は、言葉の一つ一つから、その人の姿を思い浮かべようとしてみても、何ひとつ頭の中に像を結ばなかった。

一体、自分はその人を少しでも見たのだろうか。そんな気さえする。

何十秒間か、記憶が消えている、あるいはその期間、入ろうとした情報がブロックされ、自分の脳に届いていない。

「大丈夫。ここです。無事です」

その人が叫んだ声だけが耳に残っている。

それで、ああ無事なのだとまず思い、その後から、直前まで危険状態だったのだとわかった。そんな順序だった。

あのまま列車に轢かれて死んでいたら、恐くもなく痛くもなかったような気がする。

でも、わたしは死にたくない。

「ひとつだけ、特徴的な容姿をしていらっしゃいました」

しばらくわたしが黙っていると、係員は少し困ったような顔をした。

「特徴的な……ですか?」

「スカートを穿《は》いていらっしゃいました」

「……?」

聞き間違いだと思った。でなければ、鉄道関係の専門用語か何かなのだと。

「男性の方でしたよね」

「はい。男の方です。踝《くるぶし》までの長いスカートを」

わたしは、名も知らぬスカートを穿いた男性に命を救われた。

おかげで、思いの外、背負わされたものが重くのしかかることになった。

ふつうに連絡先がわかりさえすれば、手紙を出すなり、訪ねて行ってそこで虎屋《とらや》の羊羹《ようかん》を持って「このたびはどうもありがとうございました」とお礼を述べれば、きっとそれで終わりだったはず。

自分の体の中にもう一つの命が宿っていることを知るというのだって、人生に何度もあることではない。

よりによってそんな特別な日に、突き飛ばされてホームに落ちるだけで、「人生、何が起きるか分からない」という十分突飛な出来事に遭遇したかと思ったら、さらに、いきなりどこからともなく現れて、命を救ってくれて、名前も連絡先も明かさず去って行くなんて、テレビに出て来るヒーローものの主人公みたいな人が現れたものだから、その経験が特別すぎて、単なる「ある日の出来事」ではすまなくなってしまった。

その上、男なのにスカートを穿いているという「謎」まで置いていく。

どうしたらよかったのだろう。

すべてを忘れて、次の日から何もなかったように暮らせればよかった。

あの時は、ただ、事態が飲み込めないまま、鉄道会社の会議室で事情を聞かれていた。それから時間が経《た》つにつれ、間一髪、命を失うところだったという意識が芽を出し、それが広がって、頭の中をいっぱいにした。

その日以来、ただ昨日の続きを生きているのではなく、危険な地域からの「生還者」になっていた。わたしだけでなく、わたしのお腹にいた賢一もだ。あの子も、わたしがあのまま電車に轢かれていれば、この世に生まれてくることもなかったのだ。

死にかかって救われた命だと思うと、いとおしさが何倍にもなる。

子供を授かったのをきっかけに、付き合っていた彼とわたしは婚姻届を出した。なんとか二人とも大学を卒業したが、一歳児を抱えて、わたしの就職はうまくいかなかった。彼の方は正社員になり、わたしは家にいて子育てをするという生活が始まった。

賢一が小学校へ入って間もなく、互いに愛し合っていないと感じるようになった。誰のせいでもない。いろいろなきっかけで、恋は冷めるのだ。それでも恋愛とは違う感情で、幸福な家庭ができることもあるけれど、わたしたちはそうではなかった。

浮気とか失業とか、大きな事件がないのに結婚を解消するのは、手間がかかる。

わたしたちは一年近く話し合った。

　養育費月二万円を彼が賢一の大学卒業まで払うという約束で離婚した。二万円は安すぎるけど、彼が新しい結婚生活に入るときに、負担にならない金額、場合によっては養育費の支払いを隠しておけるような金額の方が、支払いが続くと思った。

「これからはお父さんとは別れて住むのよ」

「僕、全然平気だよ」

　賢一が間髪入れずにそう答えたのを聞いて、夫を憐《あわ》れに思った。

　彼の学生時代は子育てのためにバイトに明け暮れた。新卒で会社勤めを始めても、三人の食い扶持《ぶち》を稼ぐために買って出て残業をしていた。だが、子供にとって家にいないお父さんは価値がなかったのだ。

　母は強いが稼ぎは悪かった。単価の悪い分、長い時間働くしかない。母子で暮らすようになると、父親以上にわたしは家にいなかった。

　いつも、仕事を探していた。少しでも高い時給で雇ってくれるなら、そう思っていた。

　そんな時、この駅のキヨスクの契約社員募集広告が目に入ったのだ。

　瞬間的に、この駅に呼ばれたと思った。

何年もの間、胸の奥にしまわれていたものが、姿を現し、もしかしたらこの駅で働けるぞと囁《ささや》いてきた。

この駅で毎日働いていたら、もしかしたら、わたしを助けてくれた人に出会えるかもしれない。そう思ったのだ。

何年も前のことだ。その人が今もこの駅を利用しているかどうかわからない。そもそも、あの時だって、頻繁にこの駅を利用していたわけではなく、たまたま通りかかって、わたしの転落事故に遭遇しただけかもしれない。名前も職業も分からない。たった一回、数分間、一緒だった。顔だってまるで覚えていない。唯一、外見で区別できる情報は、スカートを穿いていたということだけだ。

九十九・九九パーセント無理だ。そんなことだけで、出会えるはずはない。わかってる。でも、可能性はある。いや、会えやしない。会えるかもしれないと思うことが、仕事を続ける励みになればそれでいい。

無理矢理、理由を作っている。自分でそう思う。でも、なんだか、この駅がわたしを呼んでくれている。とにかくそんな気がしたのだ。

「いいんじゃない」

息子に話すと、賢一はそう言った。

「生まれる前に死んじゃってたかもしれないのに、その駅で助けてもらったんだよね。その駅で新しい命をもらったんでしょ」

一丁前の口を……。

ちょっと目が潤んだ。自分が口にしていることの意味を、息子自身、本当に理解しているとも思えなかった。わたしが折に触れ何度も話して聞かせた言葉を、ただそのまま覚えて、繰り返しているだけだろう。そんな息子に話したのも、ただ、自分を納得させるためなのに、思いもよらず息子が、背中を押そうとしてくれたことがうれしかった。

望み通り駅売店の販売員に採用が決まった。

研修中に勤務地は何処になるか分からないと言われて、少しがっかりしたけれど、その時は、「どうせ、あの人に出会える可能性など、ほとんどゼロなのだから」と逆のことを考えた。バツイチ・アラサーは、そうやって自分を肯定しながら、世の中を渡っていくのだ。

収入はそれ程増えなかったけれど、いくつものパートをかけ持ちしていた時より、夜、家にいる時間が増えた。何より、精神的に楽になった。

「ちゃんと勉強するんだよ。うちは国立か公立の大学しかやれないからね」

塾にやる余裕はなかったけれど、代わりに、夜、勉強を見てやれるようになった。あの駅が呼んでくれたから、こうして生活が安定したんだ。そう思うことにした。

「かあさん、無駄にポジティブ」

いつのまにか、小学生のくせに、賢一は高校生のような生意気なセリフを吐くようになっていた。

そんな賢一も、いまではロボットの開発をしているエンジニアだ。わたしにも潮時がやって来るわけだ。


午後三時を過ぎると、冬の日差しが店を直撃してくる。

時間帯によっては前に並んだ週刊誌の表紙が陽《ひ》を反射して、店の側からは見づらくなる。

客足の絶える時刻でもあり、夕刊が届いたのをきっかけに外へ出て、店頭の陳列商品を並べ直すことにしている。

わたしはこの時間帯の作業が好きだ。

店舗の裏に届いている夕刊の紐《ひも》を解き、売れ残った朝刊を全部まとめて入れ替える。丸く筒状にして少しずらすと、お客さんが一部ずつ取り易《やす》くなる。雑誌では、入れ替えのあるものとないものがある。売り場全体を外から見わたしてみると、中からは見えない陳列の乱れや在庫のアンバランスがよく見えるのだ。

「いくらですか」

　その声は、ナカノさんだった。女性向けのファッション雑誌のアート特集号を手に持っている。

「すいません、四百八十円です」

「もうじき、この店なくなっちゃうんですね」

　昨日から閉店を知らせる貼り紙を掲示していた。

　五百円玉を受け取りながら二十円を用意する。

「ホームドアができるので」

「ホームドアができるのはいいですね。線路に落ちる人がいなくなる。でも、なんでホームドアと売店が関係あるんですか」

「ホームドアをつくると、通行できるエリアが狭くなるので、売店が通行の邪魔になってしまうんです。ここの売店は、よその駅より少し大きいでしょう？　ちょうどこのあたりに点字ブロックを通さなくてはいけないらしくて」

そういいながら、手で点字ブロックが並ぶはずのところを指し示そうとした時だ。心臓が止まるかと思った。

大きく口を開いたまま、息ができなくなった。

「ちょうどこのあたり」と腕を振った先にナカノさんの黒い靴があった。

そして、そこから上に続く部分がロングスカートで覆われていた。

紅型《びんがた》染め。見事な裾模様。

「どうしました?」

口を開けたまま、大きく肩で息をしていたわたしのようすに気づいて、ナカノさんが近づいてきた。

ほっそりした体格。でも、肩幅は広い。身長は百八十センチくらい。髪の毛は男性にしては少し長め。白髪が混じっている。年齢はたぶんわたしよりいくつか上。六十歳くらい。会社員には見えない。得体が知れないところは芸術家風に見える。

「大丈夫ですか。ちょっと失礼」

ナカノさんは、わたしの手を取って、手首で脈を計り始めた。

「随分、脈が速いじゃないですか。息も荒いし。すぐにお医者さんを呼んだ方がいい。とりあえず、駅員を呼んできます」

「待って！」

歩き出そうとしていたナカノさんが振り返った。

「大丈夫。ここです。無事です」

「？？？」

ナカノさんは、意味がわからない、というように目を細めた。

「大丈夫。ここです。無事です」

「どうしたんですか」

「あなたが言った言葉です。三十三年前、この駅で、あなたが言ったんです」

「三十三年前に……」

今度は、ナカノさんの口が開いたままになった。視線が宙を見ている。今、自分の前で何が起きているのか、理解しようとしている。

それをみて、感情が込み上げてきた。

「よかった。もう絶対会えないと思ってました。

だって、どんな人だったのか、名前も、住んでるところも、顔もわからなくて、
でも、ずっと、そんなに期待してなかったけど、それでも、ずっと、もしかしたらと思ってました。

助けてもらったのは二十歳の時です。それから時間が経《た》って、二十八歳の時から、ここにいたんです。

ずっと今まで……。

月曜から金曜まで、毎日です。

ほとんど知らない人を、ここで、この駅でなら会えるかもしれないと、ずっと待ってたんですよ。探してたんですよ。

そんなに期待してなかったけど」

大きな息をした。ナカノさんはじっと話を聞いている。

「だって、分からなすぎるじゃないですか。ほんの数分間だけそばにいて、姿を見たのは、たぶん、何十秒だけで、そんなの分かるわけないじゃないですか。

だって、名前も住所も言わないでいなくなっちゃったんですよ。

声だけ、覚えていたんです。

『大丈夫。ここです。無事です』

頭の中で、その声を、何度も何度も、きっと何千回か、何万回か、分からないけど数え切れないほど繰り返して。

でも、一度しか聞かなかった声なんて、覚えている自信なんて全然なくて、その声を聞いても、どうせ分かりっこないとか、いや、そもそもここに来るわけがないとか、ちっとも会える気なんてしなくって、それでも、ずっと、毎日、ここにいたんですよ。

やっぱり、声だって覚えてなんかいなかった。

いま、わかりました。

何年も前から、会えていたんだって。

毎日のように、『ショートホープ』って言って、買ってくださってました。

時々、『すみません、一万円しかなくて』って、申し訳なさそうにおっしゃってました。

『二百三十円、ここに置きますから』とか。

その声、何度も聞いていたのに、全然分からなかった。

三十三年前に一度だけ聞いただけじゃ、あなたの声だって、やっぱり分からなかった。

無理だった。

だって、あなたがスカート穿いてるの、店の中からは見えないんだもの。

あなた、いつも横から、裏の方から来るから、わかんないよ。

無理だよ。スカート穿いてるってわからなかった。

それしか、あなたがあなただって分かる方法がなかったのに、見えないんだもの。

何百回も、ずっと会いたかったあなたに会っていたのに、全然、分からなかった。

でも、よかった。ほんとうによかった。

明後日で、このお店、おしまいになるから、そうしたら、もう、あなたを待つ場所がなくなってしまうところでした。

間に合いました。

三十三年前、線路に落ちたわたしを助けてくださって、ありがとうございます」

その言葉を口にしたとたん、安堵《あんど》の涙が溢《あふ》れてきた。

「あの時、わたしのお腹の中にいた息子も立派に育ちました。

いま、ロボットの開発をしています。何年かしたら、もっと小さな店舗でもっとたくさんの品物を素早く売り捌く、売り子ロボットがどこかの駅に登場するかもしれません」

もう顔がぐしゃぐしゃになっていた。

深々と頭を下げた。

拍手をする人がいた。

気がつくと、大勢の人に取り囲まれていた。

紅型染めの裾模様のロングスカートを穿いた男の前で、わんわん泣いている制服を着た売店の売り子を、人々が取り囲んでいた。

まばらな拍手だったけれど、温かい拍手だと思った。

「ああ、よかったです」

張り詰めていたものが解けた。

「ありがとうございます。いつも買いに来てくださってありがとうございます。ほんとうによかったです」

もう一度、頭を下げた。

「すみません」

ナカノさんが頭を下げた。

「あの時、わたしが、名前と連絡先を鉄道会社に伝えればよかったんですね。そうすれば、あなたは三十三年間もわたしを探したりしなかった。本当に申し訳ないことをしました。

あなたを助けた時には、この駅の近くにある芸術学校の学生でした。三年前からは、わたしがそこで教えています。

あの頃は自分に自信が無かったし、恥ずかしかった。スカートを穿いているくせに、へんなやつだと思われることに慣れていなかったもんですから。中途半端なことをしてしまいました」

ホームにアナウンスが入った。

列車が入って来て、周りを取り囲んでいた人々の輪が切れた。

わたしが両手を差し出すと、その人も手を出してくれた。手を握り合うだけでは足りなくてハグをした。

かつて、この腕が、わたしの命を救ってくれたのだ。

ドアが開き、新しく人々が吐き出されてきた。

「失礼します」

互いに小さく手を振って別れた。

しまった。お店がほったらかし！

あわて店を振り返った。いつのまにか、里子さんが入っていて、颯爽《さっそう》とお客さんを捌いていた。目が合うと、里子さんは口の形で「ト・イ・レ」と言っている。

早くしないと、休憩の時間が終わってしまう。化粧も直さなくては。

トイレに向かって歩き始めた。

いつのまにか、ホームにチョークで線が引かれていた。もうじき、この線の所に囲いが作られ、ホームドアができるのだ。

わたしが売店をやっている間、何度も人身事故が起こったけれど、もうこの駅では、二度と線路に落ちる人はいなくなる。

片手に化粧ポーチを抱えて、わたしは涙で滲《にじ》んだ黄色いチョークの線を辿《たど》った。

〈初出〉

第一話　化粧ポーチ　月刊ジェイ・ノベル二〇一四年二月号
第二話　ブレークポイント　月刊ジェイ・ノベル二〇一五年一月号
第三話　スポーツばか　月刊ジェイ・ノベル二〇一四年八月号
第四話　閉じない鋏　月刊ジェイ・ノベル二〇一五年八月号
第五話　高架下のタツ子　月刊ジェイ・ノベル二〇一六年一月号
第六話　赤い絵の具　月刊ジェイ・ノベル二〇一六年八月号
第七話　ホームドア　書き下ろし

本作品はフィクションです。実在する個人および団体とは一切関係ありません。（編集部）

実業之日本社文庫　最新刊

鳴海 章
鎮魂　浅草機動捜査隊
子どもが犠牲となる事件が発生。刑事・小町が、様々な母子、そして自らの過去に向き合っていく。そして定年を迎える辰見は…。大人気シリーズ第8弾！
な29

西村京太郎
日本縦断殺意の軌跡　十津川警部捜査行
新人歌手の不可解な死に隠された真相を探るため十津川班の日下刑事らが北海道へ飛ぶが、そこには謎の墓標が。傑作トラベルミステリー集。（解説・山前 譲）
に114

南 英男
特命警部
警視庁副総監直属で特命捜査対策室に籍を置く畔上拳。未解決事件をあらゆる手を使い解決に導く。元部下の巡査部長が殺された事件も極秘捜査を命じられ…。
み74

森 詠
吉野桜鬼剣　走れ、半兵衛〈三〉
半兵衛は柳生家当主から、連続殺人鬼の退治を依頼された。「桜鬼一族」が遣う秘剣に興味を抱き、半兵衛は大和国、吉野山中へ向かう――。シリーズ第三弾！
も63

吉田雄亮
俠盗組鬼退治
強盗頭巾たちに襲われた若侍の手にはなぜか富くじの木札が。江戸の諸悪を成敗せんと立ち上がった富豪旗本と火盗改らが謎の真相を追うが……痛快時代小説！
よ51

安部龍太郎、隆慶一郎ほか／末國善己編
龍馬の生きざま
京の近江屋で暗殺された坂本龍馬。妻・お龍、姉・乙女、暗殺犯・今井信郎、人斬り以蔵らが見た真実の姿。龍馬の生涯に新たな光を当てた歴史・時代作品集。
ん28

実業之日本社文庫 あ13 1

終電《しゅうでん》の神様《かみさま》

2017年2月15日　初版第1刷発行
2017年8月5日　初版第10刷発行

著　者　阿川大樹《あがわたいじゅ》

発行者　岩野裕一
発行所　株式会社実業之日本社
〒153-0044　東京都目黒区大橋 1-5-1
クロスエアタワー 8 階
電話 [編集]03(6809)0473 [販売]03(6809)0495
ホームページ http://www.j-n.co.jp/
DTP　株式会社ラッシュ
印刷所　大日本印刷株式会社
製本所　大日本印刷株式会社

フォーマットデザイン　鈴木正道(Suzuki Design)

ISBN978-4-408-55347-4（第二文芸）